Die Sängerin Fabienne heißt eigentlich Franziska, und es ist 40 Jahre her, dass sie eng befreundet waren und er ihr seine Liebe gestand. Fast ein ganzes Leben. Seitdem hat er alles getan, um Unruhe und Unzufriedenheit von sich fernzuhalten. Er hat sich immer mehr zurückgezogen und nur noch in der Phantasie gelebt. Er hat sein Leben versäumt. Aber jetzt taucht Franziska wieder auf. Gefährdet das seine geschützte Existenz, oder nimmt er diese zweite Chance wahr.

Peter Stamm, geboren 1963, lebt in der Schweiz. Seit 1990 arbeitet er als freier Autor. Sein Romandebüt »Agnes« veröffentlichte er 1998, seitdem erschienen acht weitere Romane, fünf Erzählungssammlungen und ein Band mit Theaterstücken, zuletzt die Romane »Die sanfte Gleichgültigkeit der Welt«, »Das Archiv der Gefühle« und »In einer dunkelblauen Stunde«. »Die sanfte Gleichgültigkeit der Welt« wurde ausgezeichnet mit dem Schweizer Buchpreis 2018.

Weitere Informationen finden Sie auf www.fischerverlage.de

PETER STAMM

Das Archiv der Gefühle

Roman

FISCHER Taschenbuch

Aus Verantwortung für die Umwelt hat sich der S. Fischer Verlag zu einer nachhaltigen Buchproduktion verpflichtet. Der bewusste Umgang mit unseren Ressourcen, der Schutz unseres Klimas und der Natur gehören zu unseren obersten Unternehmenszielen.

Gemeinsam mit unseren Partnern und Lieferanten setzen wir uns für eine klimaneutrale Buchproduktion ein, die den Erwerb von Klimazertifikaten zur Kompensation des CO_2-Ausstoßes einschließt.

Weitere Informationen finden Sie unter: www.klimaneutralerverlag.de

FSC www.fsc.org MIX Papier | Fördert gute Waldnutzung FSC® C083411

Erschienen bei FISCHER Taschenbuch
Frankfurt am Main, Oktober 2023

Satz: Dörlemann Satz Lemförde
Druck und Bindung: CPI books GmbH, Leck

Printed in Germany
ISBN 978-3-596-70351-7

DAS ARCHIV DER GEFÜHLE

Früher am Tag hat es ein wenig geregnet, jetzt ist der Himmel nur noch teilweise bewölkt mit kleinen, kräftigen Wolken, deren Ränder weiß leuchten im Sonnenlicht. Von hier aus ist die Sonne schon nicht mehr zu sehen, sie ist hinter der bewaldeten Hügelkette verschwunden, und es ist spürbar kühler geworden. Der Fluss führt viel Wasser, an den Schwellen bildet sich weißer Schaum, es ist mir, als könne ich die Energie spüren, die im bewegten Wasser steckt, als fließe sie durch mich hindurch, ein kräftiger, belebender Strom. Hundert Meter flussaufwärts, wo das Wasser über das Wehr stürzt, weicht das gurgelnde Geräusch einem lauten, vollen Rauschen. Das Wort Rauschen trifft es nicht, es ist viel zu ungenau in seinen vielen Bedeutungen und Anwendungen, alles rauscht, der Fluss, der Regen, der Wind. Der Äther rauscht. Ich muss eine Akte zum Thema Geräusche des Wassers anlegen, ich frage mich, wo in der Systematik sie hingehört, Natur, Physik, vielleicht sogar Musik? Geräusche, Gerüche, Lichtphänomene, Farben, so vieles fehlt noch in meinem Archiv, so viel Unbeschriebenes, Unerfasstes, Unerfassbares.

Ich bin den Pfad entlanggegangen, der den Fluss hochführt ins Tal hinein. Franziska hat sich zu mir gesellt, ich weiß nicht, woher sie gekommen ist, vielleicht wurde sie vom Wasser angezogen, wie es uns beide immer schon angezogen hat. Plötzlich geht sie neben mir. Sie sagt nichts, lächelt mich nur an, als ich zu ihr hinüberschaue, dieses verschmitzte Lächeln, das ich nie ganz deuten konnte und vielleicht deshalb so sehr liebe an ihr. Sie nickt mir zu, als wolle sie mich ermuntern, irgendetwas zu tun, zu sagen. Das Haar ist ihr dabei ins Gesicht gefallen, sie streicht es zurück. Ich möchte meine Hand auf ihren Nacken legen, ihren Nacken küssen. Ich liebe dich, sage ich. Ich will ihre Hand fassen, aber ich greife ins Leere.

Manchmal taucht sie so unvermittelt auf, ohne dass ich an sie gedacht habe, leistet mir ein wenig Gesellschaft und verschwindet dann, wie sie gekommen ist, und ich bin wieder allein.

Wie lange bin ich schon gegangen? Eine halbe Stunde, eine Stunde? Vor mir läuft ein schwarzer Käfer über den Weg, und ich stehe still und beobachte ihn. Was für ein Käfer ist das? Es gibt Hunderttausende von Insektenarten, und ich kenne kein Dutzend davon, Marienkäfer, Mai- und Junikäfer, Wanzen, Asseln, Tausendfüßler, Heuschrecken, Bienen und Hummeln, Ameisen, was weiß ich. So vieles fehlt mir noch.

Die matten Farben jetzt im Frühjahr, in denen sich schon die kräftigeren des Sommers ankündigen, der leichte Wind, der nicht kalt ist, aber auch noch nicht warm und mich erschauern lässt, nicht frieren, eine Wahrnehmung nur an der Oberfläche.

Ich habe die Fußgängerbrücke genommen und bin auf der anderen Seite des Flusses zurückgegangen. Der Weg ist etwas breiter hier, aber weniger begangen, an manchen Stellen ist die Erde aufgeweicht, Pfützen haben sich gebildet, in denen sich die Hochspannungsleitung und die Wolken spiegeln. Als ich mich dem Stadtrand nähere, werden die Geräusche wieder lauter.

Der namenlose Weg, auf dem ich gehe, die Schrebergärten, einige schon vorbereitet für die Frühlingsbepflanzung, andere noch im Winterschlaf und einige ganz verwahrlost, vermutlich seit Jahren nicht bestellt, dahinter die Bahnlinie und etwas weiter entfernt die Autobahn. Das Rauschen des Flusses, das Rauschen der Autos, der Lkws, ein hohes Sirren und dann noch ein anderes Rauschen, das metallisch klingt und pulsiert, ein Zug, der vorüberfährt. Wie soll das alles beschrieben, wie festgehalten werden?

Das Gehen hat mich müde gemacht, ich bin es nicht mehr gewohnt und habe mich unterhalb des Wehrs auf eine Holzbank gesetzt. Ich sitze am Fluss und bin überwältigt von der Fülle der Eindrücke, die auf mich einströmen. Es ist dieses Gefühl der Klarheit und Durchlässigkeit, das sich einstellt, wenn man nach einer langen Krankheit zum ersten Mal wieder das Haus verlässt, etwas geschwächt noch, nüchtern und mit geschärften Sinnen. Ich schließe die Augen, das Rauschen wird lauter, der Fluss führt mehr Wasser, fließt schneller, er ist ockergelb. Es regnet nur noch ganz leicht, schließlich hört es auf. Ich fröstle, ich trage nur Badehosen und habe ein Handtuch um die Schultern geschlungen. Die Kälte lässt mich meinen Körper deutlicher spüren als sonst, alles ist sehr klar und oberflächlich. Ich empfinde ein Glück, das sich wie Unglück anfühlt.

Ich muss an Franziska denken, die jetzt bestimmt daheim ist und Hausaufgaben macht oder einen Kuchen bäckt oder tut, was Mädchen eben tun. Wir teilen uns ein Stück des Schulwegs. An der großen Kreuzung, wo unsere Wege sich trennen, stehen wir oft lange und reden. Worüber haben wir uns damals nur immer unterhalten? Der Gesprächsstoff schien uns nie auszugehen. Dann schaut einer von uns auf die Uhr und merkt, wie spät es schon ist, und dass unsere Mütter mit dem Mittagessen auf uns warten. Ein Lachen, ein hastiger Abschied.

Der Weg nach Hause, in Gedanken noch immer bei Franziska, ihre Stimme, ihr Lachen im Ohr, die Dinge, die sie sagt, und jene, die sie nicht sagt. Dann das Quietschen des Gartentors, das Knirschen des

Kieses in der mittäglichen Stille. Das Rauschen des Dunstabzugs, die Gerüche, die aus der Küche dringen, durch das geöffnete Fenster ist das Zeitzeichen zu hören, die Mittagsnachrichten, die Stimme der Mutter, das Klappern eines Topfes im Spülbecken.

Wenn am Nachmittag keine Schule war und ich herumstreunte, dachte ich oft an Franziska. Ich dachte nicht an sie, sie war einfach da, ging neben mir durch den Wald, beobachtete mich bei allem, was ich tat, saß mit mir am Fluss und warf Steine ins Wasser wie ich. Sie kitzelt mich mit einem Grashalm im Nacken, es ist wie eine scheue Liebkosung. Hast du gewusst, dass man sich selbst nicht kitzeln kann?, sagt sie und fährt sich mit dem Grashalm über das Gesicht und lächelt mich an.

War ich verliebt in Franziska? Dauernd hieß es in der Klasse, der ist in die verliebt oder die in jenen, die beiden gehen miteinander, aber was bedeutete das? Meine Gefühle waren viel größer, viel verwirrender als diese kindischen Pärchenspiele, die ebenso schnell zu Ende gingen, wie sie begonnen hatten. Meine Gefühle für Franziska überwältigten mich, wenn ich mit ihr zusammen war, kam es mir vor, als befände ich mich in der Mitte der Welt, als gäbe es nur uns beide und diesen Moment und nichts und niemanden sonst, keine Schule, keine Eltern, keine Kameraden. Aber Franziska liebte mich nicht.

Ich habe das Haus den Winter über kaum verlassen, eigentlich habe ich es seit Jahren immer seltener verlassen, seit mir die Stelle gekündigt wurde, seit der Trennung von Anita, die keine wirkliche Trennung war. Ich habe Anita aufgegeben wie so vieles in den vergangenen Jahren, und damit vielleicht meine letzte Chance, ein normales Leben zu führen, ein Leben, wie es von einem erwartet wird. Aber niemand erwartet noch etwas von mir, ich selbst am allerwenigsten, und so habe ich mich nach und nach immer mehr zurückgezogen. An manchen Tagen bin ich nur im Freien, wenn ich zum Briefkasten gehe oder in den Garten, um frische Luft zu schnappen. Ein- oder zweimal die Woche kaufe ich im kleinen Lebensmittelgeschäft hier im Viertel ein, kurz vor Ladenschluss, wenn selten andere Kunden da sind. Dort beschaffe ich mir das Wenige, was ich brauche, und bin jedes Mal dankbar, wenn der Ladenbesitzer mich grüßt, als sehe er mich zum ersten Mal. Was ich im Laden nicht kriege, bestelle ich aus Katalogen oder im Internet, ich liebe die menschenleere zweidimensionale Welt der Onlineshops, die sterilen Produktbilder auf weißem Grund, Vorderansicht, Rückansicht, Seitenansicht, Zubehör, technische Daten, ihr Einkaufswagen.

Ich gehe zur Bank, wenn mir das Bargeld ausgeht, zum Friseur, wenn meine Haare sich gar nicht mehr bändigen lassen. Wann ich zum letzten Mal bei einem Arzt war, weiß ich nicht, aber es ist lange her.

Die meiste Zeit verbringe ich damit, die Zeitungen und Zeitschriften durchzuarbeiten, die ich abonniert habe, die relevanten Artikel auszuschneiden und aufzukleben, zu codieren und in die entsprechenden Akten einzuordnen, die Arbeit, für die ich früher bezahlt wurde und die ich seit meiner Entlassung für mich alleine weiterführe, weil ich nicht weiß, wie ich sonst meine Zeit verbringen soll. Auch wenn alle sagen, das Archiv werde nicht mehr gebraucht, es sei ein Anachronismus in Zeiten der Datenbanken und der Volltextsuche. Warum taten sich meine Chefs dann so schwer damit, mir das Archiv zu überlassen? Die Entscheidung, alles wegzuwerfen, war schnell getroffen von irgendeinem Geschäftsleitungsmitglied, einem jener dynamischen Typen, die Leute wie ich nur bei der jährlichen Weihnachtsfeier aus der Ferne zu sehen bekamen. Aber als ich vorschlug, das ganze Archiv inklusive des fahrbaren Regalsystems zu übernehmen und in meinem Keller unterzubringen, wurde die Geschäftsleitung misstrauisch und rang wochenlang mit der Entscheidung. Mein direkter Vorgesetzter brachte alle möglichen Einwände vor, das sei doch viel zu teuer, ob mein Haus überhaupt das Gewicht der Akten aushalte, ob die Feuerwehr es erlaube, eine so große Menge Papier in einem Privathaus zu lagern? Ich hatte Geld genug und versprach, für die Kosten des Umzugs aufzukommen. Mein Keller war groß und hatte betonierte Böden, die das Gewicht problemlos tragen konnten. Bei der Feuerwehr schien man gar nicht zu verstehen, was die Bedenken waren. Wenn Sie wüssten, was die Leute alles in ihren Kellern und auf ihren Dachböden lagern, sagte der Mann am Telefon und lachte. Sein Lachen hatte einen unangenehmen Unterton, als teile er ein schmutziges Geheimnis mit mir.

Selbst nachdem ich vor meinem Chef alle Einwände entkräftet hatte, dauerte es noch einmal Wochen, bis man sich endlich dazu durchgerungen hatte, das Papierarchiv in meine Hände zu geben. Es wurde ein komplizierter Vertrag ausgearbeitet, in dem es um Urheberrechte und um den Persönlichkeitsschutz ging und in dem geregelt wurde, dass ich das Archiv weder zu kommerziellen Zwecken nutzen noch weiterveräußern dürfe. Ich las den Vertrag mehrmals Wort für Wort durch, ich habe Verträge immer gemocht, die winzige Schrift, das dünne Papier, die Struktur der Paragraphen und diese seltsam umständliche Sprache, die jede Eventualität erfassen soll. Es war mir manchmal, als fingen Dinge erst an zu existieren, wenn sie in einem Vertrag geregelt waren, eine Ehe, ein Arbeitsverhältnis, ein Hauskauf, eine Erbschaft.

Die Unterzeichnung des Schriftstücks war die einzige Gelegenheit, bei der ich dem zuständigen Mann aus der Geschäftsleitung begegnete, und ich sah ihm an, dass er mich für einen Spinner hielt, was mich in meinem Vorhaben nur noch mehr bestärkte.

Diese Leute haben den wahren Zweck des Archivs nie begriffen, sie haben nur die Kosten gesehen und sie durch die Anzahl der Rechercheaufträge geteilt und gemerkt, dass es sich nicht auszahlt. Aber was zahlt sich schon aus? Das Archiv verweist nicht nur auf die Welt, es ist ein Abbild der Welt, eine Welt für sich. Und im Gegensatz zur realen Welt hat es eine Ordnung, alles hat seinen festgelegten Platz und kann mit etwas Übung jederzeit schnell gefunden werden. Das ist der wahre Zweck des Archivs. Da zu sein und Ordnung zu schaffen.

Der Einbau der Rollregale in meinem Keller wurde durch eine spezialisierte Firma ausgeführt, die den Boden aufmeißelte und die Schienen verlegte. Der ohrenbetäubende Lärm des Presslufthammers erfüllte das Haus, der Staub drang bis herauf in die Wohnräume, ein feiner Nebel, in dem die Strahlen des Sonnenlichts hervortraten, das weiße Licht des Aufbruchs.

Dann kam endlich der große Tag, an dem ein Laster vor meinem Haus hielt und Packer stöhnend und fluchend die Kisten mit Akten in meinen Keller schleppten. Ich erschrak ein wenig, als ich sah, wie viele Kisten es waren, wie viel Material, das nun mir gehörte und für das ich die Verantwortung trug. Die Aufregung des Umbaus und des Umzugs war so groß, dass ich erst einmal ein paar Tage brauchte, um wieder zu mir zu kommen. Das Einräumen der Akten war dann wie ein langsamer Heilungsprozess, die Ordnung wiederherzustellen und schließlich alles an seinem Platz zu wissen.

Es ist jedes Mal eine Freude, die richtige Stelle für ein Ereignis zu finden. Eine Naturkatastrophe, die Scheidung einer prominenten Persönlichkeit, ein öffentliches Bauprojekt, ein Flugzeugabsturz, die gegenwärtigen Umstände, es gibt nichts, wofür es im System nicht einen Platz gäbe, wofür nicht ein Platz geschaffen werden könnte. Und indem etwas eingeordnet wird in die Hierarchie der Themen, wird es verstehbar und beherrschbar. Wenn alles wie im Internet gleichwertig ist, hat nichts mehr einen Wert.

Die Akten zu aktuellen Ereignissen, die oft täglich ergänzt werden und anwachsen, liegen auf dem Schreibtisch oder auf dem Boden meines Büros, die anderen verstaue ich in den Rollregalen im Keller, bis ein Thema wieder an die Oberfläche kommt und damit auch die Akte dazu.

Das Archiv nachzuführen bedeutet viel Arbeit und erfordert große Sorgfalt. Ein falsch klassierter Artikel ist so gut wie verloren. Bestimmt gibt es Hunderte solcher verwaister Texte, die in der falschen Mappe liegen. Irgendwann, habe ich mir vorgenommen, werde ich alle Akten durchgehen, um sie zu suchen und am richtigen Ort einzuordnen, aber selbst im Sommer, wenn die Zeitungen dünn sind und wenig Relevantes publizieren, reicht die Zeit dafür nicht aus.

Die viele Arbeit mag ein Grund sein, weshalb ich das Haus mit den Jahren immer seltener verlassen habe, und je weniger ich es tat, desto mehr Überwindung und Kraft kostete es mich. Nach meiner Entlassung war es wohl erst Scham, die mich davon abhielt, in die Öffentlichkeit zu gehen. Ich wollte nicht zu den verlorenen Männern gehören, denen man von weitem ansieht, dass sie nicht mehr gebraucht werden, also blieb ich zu Hause und tat meine Arbeit für mich. Mit der Zeit gewöhnte ich mich an dieses einsame Leben, und inzwischen fühle ich mich am wohlsten in meinen eigenen vier Wänden, im Haus, in dem ich aufgewachsen und in das ich nach dem Tod meiner Mutter wieder gezogen bin. Wenn ich draußen bin, fühle ich mich unsicher und befangen, zu Hause bin ich abgeschirmt vom Durcheinander der sich dauernd verändernden Welt, das mich stört in meinen Gedanken und Erinnerungen, in meinen täglichen Routinen.

Ich stehe jeden Morgen um halb sieben auf, dusche, lese die Daten meiner kleinen Wetterstation ab und trage sie ein im Heft, in dem schon mein Vater jeden Tag Temperatur, Luftdruck und Luftfeuchtigkeit eintrug. Ich koche Kaffee und arbeite in meinem Büro bis um zwölf. Zu Mittag esse ich meist nur ein Sandwich und höre dabei die Mittagsnachrichten im Radio. Ich lege mich für eine halbe Stunde hin und bin spätestens um halb zwei wieder am Schreibtisch, wo ich bis um sechs weiterarbeite. Abends koche ich einfache Dinge, die ich schon immer gekocht habe, die schon meine Mutter gekocht hat. Nach dem Abendessen öffne ich eine Flasche Rotwein, nehme mir ein Buch aus dem Regal und lese, bis die Flasche leer ist und ich müde genug bin, um zu schlafen. Früher habe ich oft Musik gehört, aber sie machte mich sentimental, und das war mir unangenehm. Selbst bei den Schlagern von Fabienne kamen mir manchmal fast die Tränen.

Ist das wahr? Franziska lacht. Lach mich nur aus. Ich weiß schon, es ist kindisch, aber wenn du von einem Geliebten singst, dann stelle ich mir vor, ich sei es, nach dem du dich sehnst. Da bist du nicht der Einzige, sagt sie und runzelt die Stirn. Aber ich wollte das nicht mehr, sage ich, also fing ich an, Musik zu meiden. Inzwischen liebe ich die Stille im Haus, die nur vom Summen des Kühlschranks, einem tropfenden Hahn, leisen Geräuschen von der Straße oder von irgendwoher durchbrochen wird. Ich mag die Vorstellung, wie meine Stimme durch dein Haus weht, sagt Franziska, sie kommt von draußen, es ist Frühling, jemand lässt ein Radio laufen, vielleicht ist es ein Nachbar, vielleicht ein Bauarbeiter auf einem Gerüst, und ich singe von der Liebe, und du kriegst feuchte Augen. Sie lacht. Ich habe das Radio eingeschaltet. Das Zeitzeichen ertönt, wurde das nicht längst abgeschafft? Es ist zwölf Uhr, null Minuten. Es folgen die Mittagsnachrichten.

Alle meine Tage verlaufen gleich, seien es Werk-, Sonn- oder Feiertage. Selbst meinen Geburtstag würde ich wohl vergessen, wenn nicht der oder jene mir ein Kärtchen schicken würden mit der Aufforderung, mich doch wieder einmal zu melden. Aber ich melde mich bei niemandem, ich wüsste nicht, was ich mit den Leuten reden sollte. Es geschieht ja nichts in meinem Leben, und Meinungen auszutauschen hat mich nie interessiert. Wen kümmert es, was ich von diesem oder jenem Politiker halte, wie ich die Situation in meinem Land oder in meiner Stadt einschätze, ob ich für oder gegen die Abschaltung von Atomkraftwerken bin. Meinungen haben nichts mit Fakten zu tun, nur mit Gefühlen, und meine Gefühle gehen niemanden etwas an. Meine Aufgabe ist das Sammeln und Ordnen. Das Interpretieren der Welt sollen andere übernehmen.

Mag sein, dass ich mir irgendwann ein anderes Leben für mich ausgemalt hatte, dass ein anderes Leben für mich möglich gewesen wäre. Ich war ja nicht immer ein Einsiedler, meine Versuche, ein normales Leben zu führen, sind einfach gescheitert, das kann passieren, und niemand ist schuld daran. Inzwischen lebe ich lieber mit meinen Erinnerungen, als dass ich neue Erfahrungen mache, die schlussendlich doch zu nichts anderem führen als zu Schmerz. Ich habe mir mein Leben nicht ausgesucht, es hat sich so ergeben aufgrund meiner Anlagen und zufälliger Begegnungen und Ereignisse. Vielleicht hätten andere Beziehungen etwas verändert, eine andere Arbeitsstelle, Kinder.

Es kommt vor, dass ich mich frage, warum alles so gekommen ist, wann es sich entschieden hat, wie ich leben würde, aber es hat keinen Sinn, sich das zu fragen. Ich hadere nicht mit meinem Schicksal. Vielleicht waren die entscheidenden Dinge gar nicht jene, die geschehen, sondern jene, die nicht geschehen sind. Den Rest erledigte die Zeit, die immer weiterlief und Kleines zu Großem machte, Zufälliges zu Unveränderbarem. Das Leben, das ich führe, ist nur eines von vielen möglichen, so wie diese Welt nur eine von vielen möglichen ist.

Ich habe keine sehr deutlichen Erinnerungen an meine Kindheit. Ich habe keinen Grund, sie nicht für glücklich zu halten, aber wenn ich über die Gefühle nachdenke, zwischen denen ich damals schwankte, waren es weniger Glück und Unglück als Ruhe und Unruhe, Sicherheit und Verunsicherung, Geborgenheit und Einsamkeit. Am deutlichsten in Erinnerung ist mir ein fast permanentes Gefühl der Verwunderung über die Dinge der Welt und die Gesetze, die sie lenkten. Ich verirrte mich nicht nur auf meinen Wegen, auch aus meinen Gedanken fand ich oft kaum mehr heraus, und ich verbrachte viel Zeit damit, nach Ordnung zu suchen oder sie herzustellen, wo immer ich konnte. Ich erstellte Listen von allen möglichen Dingen, von Lieblingsbüchern und Lieblingsfilmen, von Leibspeisen, von Freunden und Feinden, von Fragen und Argumenten, nur um einen Überblick zu haben in einer Welt, die mich verwirrte, die ich nicht begriff. Aber all das schuf wenig Klarheit, je ausgeklügelter meine Gedankensysteme wurden, desto mehr merkte ich, dass sie nichts mehr mit der Wirklichkeit zu tun hatten, und allmählich wich meine Verwunderung über die Welt der Angst vor ihrer Unberechenbarkeit.

Eine Kindheitserinnerung. Es ist der Tag vor Heiligabend. Auf dem Schulweg komme ich an einem brachliegenden Feld vorbei, auf dem im letzten Sommer Mais wuchs. Es ist früh morgens und noch dunkel, es ist kalt. Der Boden ist gefroren, und ich gehe quer über das Feld, stolpere über die Stoppeln und Furchen. Um die Straßenlaternen jenseits des Feldes haben sich in der nebligen Luft Halos gebildet, das orangefarbene Licht der Natriumdampflampen weist mir den Weg. Mitten im Acker finde ich eine halb abgebrannte weiße Kerze, vielleicht hat ein Kind, das wie ich über das Feld abkürzte, sie nach dem Laternenumzug vor ein paar Tagen hier weggeworfen oder verloren. Ich stelle die Kerze auf, drücke sie ein wenig im harten Boden fest, zünde sie an. Warum habe ich Streichhölzer dabei? Ich stehe da und betrachte die brennende Kerze, ein seltsames Ritual, dessen Sinn ich nicht begreife und das mir dennoch bedeutungsvoll erscheint, es ist ein fast religiöses Gefühl.

Wenn ich in meinem Leben an irgendetwas geglaubt habe, dann daran, dass alles einen Grund hat, auch wenn wir ihn in den seltensten Fällen erkennen, und daran, dass alles, was wir tun, von Bedeutung ist, auch wenn wir die Folgen nicht erahnen können.

Ich werde zu spät zum Unterricht kommen, ich werde keine Erklärung dafür haben. Mein Lehrer wird es hinnehmen, er weiß längst, dass es keinen Sinn hat, in mich zu dringen. Ich stehe da und schaue zu, wie die Kerze hinunterbrennt und erlischt.

Ich kann mich nicht erinnern, jemals getragen worden zu sein, das habe ich mir wohl auch gar nie gewünscht. Ich wollte schon früh auf eigenen Beinen stehen und in Ruhe gelassen werden. Vermutlich habe ich mir nie viel aus Menschen gemacht, ich erwartete nichts von ihnen und begriff schnell, dass sie mich am ehesten in Ruhe ließen, wenn ich ihre Erwartungen erfüllte und tat, was sie von mir erwarteten. Man konnte alles von mir verlangen, nur keine übermäßige Nähe. Selbst wenn ich jemanden mochte, meinen Lehrer, einen Mitschüler, einen Verwandten oder Freund meiner Eltern, tat ich das mehr in Gedanken, als sei es etwas Verbotenes, etwas Unrechtes, und achtete darauf, mich nicht zu verraten und womöglich Gefühle zu wecken, mit denen ich nicht hätte umgehen können. Niemand schien sich daran zu stören, vermutlich merkte meine Umgebung gar nichts davon. Mein einziger Vertrauter war ich selbst, und ich verhandelte mit mir wie mit einem anderen in einem dauernden stummen Zwiegespräch. Ich sprach nicht nur mit mir, ich spielte mir auch Szenen vor, ohne mir dessen wohl ganz bewusst zu sein. In meiner Phantasie konnte ich alles sein, was ich wollte, jede Aufgabe meistern, jeden Streit gewinnen, jeden Feind besiegen, jedes Mädchen gewinnen. Wenn die Welt nicht meinen Wünschen entsprach, dann veränderte ich sie eben in meiner Vorstellung und lebte mehr in dieser Phantasiewelt als in der wirklichen.

Äußerlich funktionierte ich, ich machte keine großen Probleme, war ein guter Schüler, zuverlässig und höflich und unkompliziert. Nur manchmal, selten, verlor ich die Kontrolle in einem Anfall von Wut oder Empörung oder Selbstmitleid und wütete und schrie und war nicht zu besänftigen, dass ich mich selbst kaum wiedererkannte. Dann drehte ich durch wie ein Motor, der ohne Widerstand läuft. Aber vermutlich war ich im Großen und Ganzen nicht seltsamer als andere Kinder, weil wir alle seltsam sind, wenn wir nur lange genug darüber nachdenken.

Eine Kindheitserinnerung. Wie alt war ich da? Ein kalter Sonntagmorgen, ich bin früh aufgewacht und gleich aufgestanden. Im Haus ist es ganz still. Draußen schneit es, der Wind bewegt die Flocken hin und her wie einen Vorhang vor einem geöffneten Fenster.

Ich bin im Freien, gehe die Straße entlang. Der Schnee schluckt alle Geräusche. Stiegen nicht dünne Rauchfahnen aus den Kaminen, man könnte meinen, sich in einer menschenleeren Welt zu befinden.

Ein Feuer im Wald. Das schwarz verkohlte Holz im Weiß des Schnees, die gelben und blauen Flammen, die Glut. Die Feuchtigkeit kriecht in meine Schuhe, meine Füße sind eiskalt. Schnee fällt von einem Ast, die Stille scheint sich zu verändern, der Ast hebt sich durch die Entlastung wie in Zeitlupe, Schneekristalle rieseln zu Boden. Die Kälte nimmt von meinem Körper Besitz, es ist, als gehöre er nicht mehr zu mir, als könne ich ihn betasten wie einen Gegenstand, die Arme, die Beine, der Rumpf, der Kopf, das Haar. Ich laufe nach Hause, aber irgendetwas bremst mich, ich bewege mich, aber ich scheine nicht vorwärtszukommen.

Um etwas Ordnung in mein Leben zu bringen, stellte ich viele Regeln auf, an die ich mich zu halten hatte. Bis heute achte ich darauf, nicht auf die Ritzen der Bordsteine zu treten oder wenigstens mit beiden Füßen gleich oft. Schaffe ich es nicht, empfinde ich ein fast körperliches Unbehagen.

Ich zählte viel, meine Schritte, die Latten eines Gartenzauns, die Autos, die Männer und Frauen, die mir auf dem Schulweg entgegenkamen, die Buchstaben von Wörtern und Sätzen, ohne auf deren Sinn zu achten. Die Zahlen behielt ich im Kopf, einige mochte ich und wiederholte sie immer wieder, andere mochte ich nicht, ich kann nicht sagen, warum.

Ich liebte es, Dinge einzuordnen, einzupacken, mochte Behälter unterschiedlichster Art, Mappen, Schubladen, kleine Dosen aus Plastik oder Metall, Gläser mit Schraubverschluss. Eine Zeitlang bastelte ich Schachteln in allen Größen und bezog sie mit Marmorpapier oder Stoff. Einige verschenkte ich, die anderen müssen noch irgendwo sein.

Ich liebte die Regelmäßigkeit und reagierte gereizt, wenn meine Gewohnheiten gestört wurden. Ich konnte mich lange Zeit mit sinnlosen Arbeiten beschäftigen. Es beruhigte mich, Dinge zu zerlegen und wieder zusammenzufügen. Oder nur zu zerlegen und die Teile zu ordnen, Stoffe oder Schnüre in Fäden aufzulösen, die Nadeln einzeln von Tannenzweigen zu zupfen, die Blütenblätter von einer Blüte. Ich mochte es zu zeichnen, aber viele meiner Zeichnungen bestanden nur aus mit Bleistift schraffierten Flächen, die ich in stundenlanger Arbeit anfertigte, seltsame Landschaften, Hügelzüge, Wälder und Wiesen, Wolkenformationen. Manchmal zeichnete ich auch komplexe geometrische Gebilde in dreidimensionalen Ansichten auf das karierte Papier von Schreibblöcken oder auf Millimeterpapier, reine Fleißarbeiten, die ich nach ihrer Fertigstellung in Mappen legte, ohne sie jemals wieder hervorzunehmen und anzuschauen. Nur selten zeichnete ich nach der Natur und auch dann nur kleine Dinge, eine Blüte, Blätter, Zweige von Bäumen, meine Hand.

Schenkst du mir eine deiner Zeichnungen?, fragt Franziska, die mich während des Unterrichts beobachtet hat. Diese Hügellandschaft? Wo ist das? Es ist kein Haus darauf zu sehen, keine Straße, kein Mensch, nur bewaldete Hügel und ein bedeckter Himmel. Ich habe zwei Blätter zusammengeklebt, um die Weite zu erfassen.

Ich weiß nicht, wo ich die Mappe verstaut habe, vielleicht auf dem Dachboden? Irgendwo muss sie noch sein. Weggeworfen habe ich sie bestimmt nicht. Du willst sie mir nicht geben, nicht wahr?, sagt Franziska. Ich weiß nicht, weshalb. Die Zeichnungen sind nicht von Bedeutung, ich schaue sie nie an, aber sie gehören zu mir. Würde ich sie verschenken, wäre es, als würde ich weniger werden, mich zerstreuen, mich verlieren. Franziska zuckt mit den Schultern und wendet sich ab.

Ich war viel allein, aber unter Einsamkeit litt ich nur in Gegenwart anderer Menschen. Am liebsten spielte ich für mich oder mit fiktiven Spielkameraden, die meinem Willen gehorchten und kamen und gingen, wie es mir gefiel. Ich glaube, ich war schon als Kind am liebsten zu Hause. Aber zu Hause konnte überall sein, solange ich nur für mich war.

Mein Haus, es fällt mir immer noch schwer, es so zu nennen. Für mich ist es das Haus meiner Mutter, auch wenn sie längst nicht mehr da ist und es auf mich überschrieben wurde. Als ich wieder einzog, habe ich nichts verändert, auch später habe ich nur das Nötigste gemacht, die zerbrochenen Ziegel auf dem Dach ersetzen lassen, den alten Brenner der Heizung, die defekte Waschmaschine. Der Monteur wollte die alte entsorgen, aber ich bat ihn, sie dazulassen. Jetzt steht sie in der Garage und rostet vor sich hin.

Ich mag den langsamen Zerfall des Hauses, wie die Farbe der Fensterläden abblättert, der Kitt in den Fugen der Fenster zerbröckelt. Ich mag die Spinnweben in den Ecken der Räume, den Staub auf den Büchern, die zum größten Teil meinen Eltern gehörten. Ich mag den Geruch der alten Leineneinbände, überhaupt den undefinierbaren Geruch des Hauses, der sich nur mit den Jahreszeiten ganz langsam verändert. Die Gerüche der Jahreszeiten, noch eine Akte, die zu erstellen wäre.

Manchmal sitze ich in der Küche oder oben im Flur auf dem Boden, wo ich als Kind oft spielte, oder in meinem Zimmer auf dem Bett und warte reglos, bis die Erinnerungen kommen, entfernte Stimmen, verblasste Bilder, eine Ahnung von Gefühlen, so weit entfernt, dass sie nicht mehr schmerzen. Die langen, gleichmäßigen Jahre, all die Frühstücke, Mittag- und Abendessen, während denen nie viel geredet wurde, nichts von Bedeutung. Die Wiederholung, das Wissen, dass wir morgen wieder so zusammensitzen würden, übermorgen, nächste Woche und im nächsten Jahr. Damals schien so viel Zeit zu sein, als gäbe es gar keine Zeit.

Auch im Garten habe ich kaum etwas verändert. Ich mähe den Rasen, schneide die Rosenstöcke zurück und die Büsche, wenn gar kein Durchkommen mehr ist. Aus den Johannisbeeren und den Himbeeren mache ich Konfitüre wie früher meine Mutter. Die Gläser sammeln sich im Keller an, ich koche mehr ein, als ich brauchen kann. Ich pflücke die Äpfel vom alten Apfelbaum, lagere sie ein, bis sie ganz verschrumpelt sind und ich sie auf den Komposthaufen werfe. Früher hatte ich ein paar Gemüsebeete, aber irgendwann wurde mir die Arbeit zu viel, und ich überließ sie sich selbst, jetzt sind sie von Unkraut überwuchert.

Ich stehe im Garten, rücke die Gartenmöbel zurecht, zupfe ein wenig Unkraut aus den Ritzen der Terrasse, ich beobachte die Vögel. Ich gehe durch das Haus, setze mich auf einen Stuhl, stehe wieder auf. Ich betrachte die alten Fotos, die auf der Anrichte stehen, meine Eltern, meine Großeltern, ich selbst als Kind, als Jugendlicher, ich habe nie eigene Bilder dazugestellt.

Ich gehe ins Elternschlafzimmer, in dem nie jemand anderer als meine Eltern geschlafen haben. Die Betten sind noch immer bezogen, als könnten sie irgendwann zurückkehren. Es mag verrückt klingen, aber ich bin nicht verrückt. Ich will einfach nicht, dass sich etwas verändert, das ist doch kein Verbrechen. Sich dem Vergehen der Zeit zu widersetzen, sich nicht mitreißen zu lassen vom Strom der Veränderungen. Es ist, als lebte ich in meinen Erinnerungen wie in diesem Haus, in einer ewigen Gegenwart, in der nichts verschwindet, nur alles ganz allmählich verblasst, verstaubt, sich auflöst.

Ich schlafe immer noch in meinem Kinderzimmer, auch dort habe ich nichts verändert. An den Wänden hängen die Poster, die ich als Kind aufgehängt habe, Tierbilder vor allem, ein Plakat von einem Open-Air-Festival, auf dem ich nicht war, und ein alter Setzkasten mit Krimskrams gefüllt, kleinen Schätzen, Figürchen aus farbigem Glas, einer Gewehrpatrone, Souvenirs von Ferienreisen, Münzen, Abzeichen, einem Haifischzahn, einer Musikdose, die La vie en rose spielt, Relikte eines ereignislosen Lebens und doch jedes mit seiner Geschichte.

Wenn ich lese, liege ich manchmal hier auf dem Bett, dann kommt es mir vor, als könnte meine Mutter mich jeden Moment rufen oder heraufkommen, um mir gute Nacht zu wünschen und mich zu ermahnen, nicht mehr allzu lange wach zu bleiben. Der Regen trommelt auf das Dachfenster.

Ich habe hier nie mit einer Frau geschlafen, vielleicht, weil es mir peinlich gewesen wäre, noch immer in einem Kinderzimmer zu wohnen, vielleicht, weil ich den Ort nicht entweihen wollte, die Erinnerungen nicht stören. Ist Franziska jemals hier gewesen? Hat sie mich besucht, als wir zusammen zur Sekundarschule gingen? Ins Gymnasium? Ich weiß es nicht mehr.

Aber natürlich war ich da, sagt sie, mehr als einmal. Das hast du vergessen? Ich sehe dich nicht hier. Hast du am Pult gesessen, am Fenster gestanden? Was haben wir gemacht? Wir haben zusammen auf dem Boden gesessen und haben Fotobände angeschaut.

Das war, als du Fotograf werden wolltest. Das weißt du nicht mehr? Du hast mir deine Kamera und deine Objektive gezeigt, die Fotos, die du gemacht hast, Experimente in Schwarz-Weiß, Unschärfen, Makroaufnahmen, kleine Stillleben aus Reißnägeln und Nähnadeln und Bleistiftminen, sogar deine Zahnbürste hast du fotografiert. Sie lacht. Habe ich dich jemals fotografiert? Es gab ein paar Bilder, du hast sie mir geschenkt, aber ich weiß nicht, ob ich sie noch habe.

Da sitzt Franziska im Schneidersitz auf dem Boden, blättert durch einen Fotoband von Anselm Adams, beugt sich ganz tief über das Buch, um die feinsten Details der Landschaftsaufnahmen zu sehen. Ihr Rücken ist gekrümmt, das T-Shirt ist ihr aus der Jeans gerutscht, ihr nackter Rücken ist zu sehen und der Bund ihres Slips. Die Kamera liegt auf dem Tisch, aber ich wage nicht, sie in die Hand zu nehmen und abzudrücken. Das musst du dir anschauen, sage ich und drehe mich zum Bücherregal um auf der Suche nach einem anderen Band. Da stehen ein paar Taschenbuchmonographien berühmter Fotografen, Boubat, Werner Bischof, Cartier Bresson, Brassaï, Man Ray, daneben alphabetisch geordnete Reclam-Hefte von Texten, die wir in der Schule gelesen haben, und einige Fachbücher von der Universität. Aber die kaufte ich erst viel später, die gesammelten Bände der Fischer Weltgeschichte, die ich nach und nach antiquarisch erstand. Ich ziehe den ersten Band heraus, Vorgeschichte, herausgegeben von Marie-Henriette Alimen und Marie-Joseph Steve. Ich blase den Staub vom Schnitt und blättere im Band, lese das Vorwort. Die Darstellung umfasst die Jahrtausende vom ersten Auftreten des Menschen bis zur Eisenzeit. Die prähistorische Landkarte bleibt unvollendet. Große weiße Flecken in Raum und Zeit sind sichtbar. Die menschenähnlichen Wesen der frühen Altsteinzeit, der Homo erectus, die Neandertaler und Präsapiens.

Ich liebte diese Bände, in denen Jahrhunderte, Jahrtausende, die Geschichte ganzer Völker und Kontinente auf ein paar hundert Seiten zusammengefasst waren, auch wenn ich sie nie las. Ihr bloßer Besitz genügte mir, das Gefühl, auf einem halben Regalmeter die Geschichte der Menschheit zu überblicken. Als ich das Buch zurückstelle und mich umdrehe, ist Franziska verschwunden.

Die Jahre an der Universität waren schwierig. Ich war von zu Hause ausgezogen und wohnte in einem möblierten Zimmer in einem Personalhaus des Krankenhauses. Die Möbel waren aus hellem Holz, ein schmales Bett, ein Bücherregal, ein Schülerpult mit zwei Schubladen, das ich bald durch ein größeres ersetzte, einen riesigen alten Schreibtisch, der irgendwo ausgemustert worden war. Ein Freund schenkte mir einen kleinen Kühlschrank, der schon durch, ich weiß nicht wie viele Hände, gegangen war und den einer der Vorbesitzer dunkelblau angestrichen hatte. Darauf stellte ich einen Wasserkocher und eine einzelne Kochplatte, um nicht die Gemeinschaftsküche benutzen zu müssen, in der sich alle möglichen Leute herumtrieben und seltsame Dinge zubereiteten.

Von meinem Fenster aus sah ich einen Teil der Stadt und davor in einiger Entfernung das Hauptgebäude des Krankenhauses, ein vielstöckiger abweisender Bau mit unzähligen Fenstern, hinter denen Menschen geboren wurden, litten und starben. Manchmal ging spät nachts irgendwo ein Licht an, und ich fragte mich, was dort wohl gerade geschah, ob ein Patient mit starken Schmerzen nach der Pflegerin geklingelt hatte, ob ein Notfall eingetreten war, jemand im Sterben lag oder ob nur einer nicht schlafen konnte und die Dunkelheit nicht ertrug. Trotz der Dramen, die sich in den Krankenzimmern abspielen mussten, hatte der Anblick etwas Tröstliches, der Gedanke, dass für die Patienten gesorgt war, dass sie in guten Händen waren, dass alles Mögliche getan wurde, ob es nun genügte oder nicht. Ich bin mein Leben lang nie in einem Krankenhaus gewesen, aber seit jener Zeit fürchte ich mich nicht mehr davor, es erscheint mir wie eine letzte Zuflucht, ein Ort, an dem ich alle Verantwortung abgeben könnte.

Viele Bewohner des Personalhauses arbeiteten

Schicht, und es konnte vorkommen, dass ich tagelang keinem Menschen begegnete. Auch an der Universität hatte ich kaum Kontakte, und zum ersten Mal litt ich unter Einsamkeit. Es war nicht der Austausch mit anderen, der mir fehlte, aber das Gefühl, eingebunden zu sein, dazuzugehören. Rund um mich wurde geflirtet, gelacht, diskutiert, aber aus irgendeinem Grund, der mir bis heute schleierhaft ist, vermochte ich nicht, mich an diesen Spielen zu beteiligen. Vielleicht schämte ich mich, aber ich weiß nicht, weshalb und wofür, vielleicht für meine bloße Existenz.

Am wohlsten fühlte ich mich während der Vorlesungen oder in der Bibliothek im großen Lesesaal, zusammen mit anderen und doch für mich, vertieft ins Zuhören oder in die Lektüre oder ins Schreiben einer Arbeit.

Es war die Zeit, in der die Geschichtswissenschaft sich von den großen Männern abwandte und begann, sich für die kleinen Leute zu interessieren, für Alltagsgeschichten, das eigene Umfeld, die Lokalgeschichte. Wir lasen Ginzburg, Borst und Ariès und wurden von einer Professorin mit dem Tonbandgerät losgeschickt in die Altenheime, in Fremdarbeitersiedlungen, auf Bauernhöfe. Ich hasste diese Exkursionen, die Zufälligkeit des gesammelten Materials, und der Gedanke an die schiere Menge von dem, was uns entging. Viel lieber arbeitete ich in der Stille der Lesesäle mit Büchern und Dokumenten. Damals gab es in den Bibliotheken noch keine Computerterminals, nur Zettelkataloge, sie waren Welten aus Papier, in denen die Zeit stillzustehen schien, Welten, die nur ganz langsam wuchsen, ein langes Einatmen. Wenn die Bibliothek am Abend schloss, kam es mir manchmal vor, als würde ich ausgesetzt, hinausgeschickt in eine Welt voller Gefahren und Unsicherheiten, und ich lief durch die einbrechende Dämmerung zum Personalhaus und verkroch mich in meinem Zimmer.

Ich erinnere mich an ein Seminar über amerikanische Geschichte, in dem wir die Unabhängigkeitserklärung von 1776 besprachen. Folgende Wahrheiten erachten wir als selbstverständlich, dass alle Menschen gleich geschaffen sind; dass sie von ihrem Schöpfer mit gewissen unveräußerlichen Rechten ausgestattet sind; dass dazu Leben, Freiheit und das Streben nach Glück gehören. Ich weiß noch, dass unsere Professorin eine lange Abhandlung darüber hielt, dass für Jefferson der Glücksbegriff nichts mit persönlicher Erfüllung, sondern vor allem mit materieller Absicherung zu tun hatte, dass in seiner Vorstellung jede Familie ihr Stück Land besitzen und bearbeiten sollte, eine Gesellschaft selbstgenügsamer Siedler. Ich stellte sie mir vor auf ihren viereckigen Grundstücken, weiß wie ein leeres Blatt Papier, die sie in mühevoller Arbeit bebauten, beschrieben mit ihren Geschichten. Es klang wie ein versteckter Imperativ, sich niederzulassen, eine Familie zu gründen, Ziele ins Auge zu fassen und zu verfolgen, Erfolg zu haben, lauter Dinge, die mich erschreckten. Vermutlich war das der Moment, in dem ich beschloss, mich alldem zu verweigern und möglichst ungestört und unbeobachtet mein Leben zu führen.

Als Nebenfach hatte ich Philosophie gewählt, und eine Zeitlang wollte ich sogar eine Dissertation an der Fakultät schreiben, in der es noch nicht Mode geworden war, Feldstudien zu betreiben. Ich hatte irgendwo einen Artikel über eine sehr seltene Krankheit gelesen, die kongenitale Analgesie, die angeborene Schmerzlosigkeit, und wollte eine Arbeit über Theorien des Schmerzes und der Schmerzlosigkeit schreiben. Ich verbrachte viel Zeit in der Bibliothek, las und annotierte unzählige philosophische, psychologische und sogar medizinische Texte. Ich hatte das diffuse Gefühl, diese Krankheit habe irgendetwas mit mir zu tun, und sei es auch nur als Metapher. Aber ich schaffte es nie, das Material in eine Form zu bringen, und gab schließlich auf. Ich weiß nur noch, dass ich eine ganze Theorie über den Schmerz als ursprünglichste Form der Wahrnehmung entwickelte. Ein Lebewesen, dessen Wahrnehmung nur aus Schmerz bestünde, schloss ich, müsste in einer Welt leben, die nur aus ihm selbst bestünde. Wir erfuhren uns selbst nur durch unseren Schmerz, wir existierten nur, weil wir Schmerz empfanden, der Schmerz war die Existenz.

Schon in den Jahren des Studiums traf ich selten Freunde, ging nicht oft ins Kino oder ins Theater. Und jedes Mal, wenn ich nach einem solchen Anlass zurück in mein Zimmer kam, dachte ich, ich hätte es auch bleiben lassen können.

In den Semesterferien suchte ich mir Jobs, arbeitete in Büros oder auf dem Bau und schließlich im Archiv des Pressehauses, wo man mich gut genug leiden mochte, um mir nach meinem Abschluss eine Festanstellung anzubieten, die ich bis zu meiner Entlassung behielt.

Auch als ich dort längst der Dienstälteste war, wäre es mir nie in den Sinn gekommen, mich um eine leitende Stelle zu bewerben. Das war die einzige Kritik meines Chefs in den jährlichen Mitarbeitergesprächen, dass ich keine Ambitionen hätte. Aber dann klagte er doch über die vielen Sitzungen, an denen er teilnehmen musste, und über seine Vorgesetzten, die Druck auf ihn ausübten, über Beschlüsse, die er umzusetzen hatte, obwohl er sie nicht guthieß und die Gründe dafür nicht nachvollziehen konnte.

Ich mochte das Leben im Pressehaus, die angespannte Stimmung in den Redaktionsräumen, die Telex-Maschinen, die endlose Papierschlangen von

Nachrichten ausspuckten, die Journalisten und Journalistinnen, die kamen und gingen und immer in Eile, immer in Aufregung waren. Am liebsten hatte ich die Spätdienste, wenn es auf Redaktionsschluss zuging und die Spannung noch stieg. Wenn ein Großereignis stattfand, eine wichtige Wahl, eine Enthüllung, ein Skandal, kamen selbst wir im Archiv in eine Art Euphorie, in ein Fieber und fühlten uns am Puls der Zeit. Aber ich mochte auch die ruhigen Morgen, die Wochenenddienste, wenn im Archiv nur das Blättern der Zeitungsseiten zu hören war und das Geräusch der Scheren, mit denen wir die relevanten Artikel ausschnitten. Noch heute habe ich den Geruch des Papierleims in der Nase, mit dem wir die Artikel aufklebten, bevor wir anfingen, archivfestes Klebeband zu verwenden.

Ich habe nicht ganz begriffen, was dich an diesem Ort so fasziniert hat, sagt Franziska. Ich hatte sie einmal zum Mittagessen eingeladen, und danach hatte ich ihr alles gezeigt, hatte ihr sogar meine Mitarbeiter vorgestellt, als solle sie hier eine Stelle antreten. Du hast deinem Chef erzählt, ich sei Sängerin, ihr solltet eine Akte über mich anlegen. Er hat nur freundlich gelächelt. Das war kurz vor der Taufe deines ersten Albums, nicht wahr? Oder war es danach? Es war alles ganz anders. Ich war für ein Interview im Pressehaus, das erste Mal überhaupt, deshalb haben wir uns getroffen. Es war eine seltsame Begegnung, du hattest dich seit Ewigkeiten nicht bei mir gemeldet und warst erst fast abweisend, als hätte ich in deinem Reich nichts zu suchen. Ich war nur befangen, als du plötzlich in der Tür standest und der Redakteur nach mir rief, schau mal, wer hier ist.

Die Akte wurde dann doch bald angelegt, und jedes Mal, wenn eine Kollegin oder ein Kollege einen Artikel über Franziska erfasste, machten sie eine Bemerkung. Das ist doch deine Schulfreundin, die Sängerin. Die hat uns doch mal besucht. Seht ihr euch noch? Dann kündigten Leute und neue kamen und meine Verbindung mit Franziska geriet in Vergessenheit.

In den besten Zeiten arbeiteten mehr als zwanzig Leute im Archiv, aber als die Computer Einzug hielten, wurden nach und nach immer mehr entlassen, die Bild- wurde mit der Textdokumentation zusammengelegt, auch das musste unser Chef uns beibringen und entscheiden, wer gehen musste und wer bleiben konnte. Einer solchen Aufgabe wäre ich nicht gewachsen gewesen. Ich war zufrieden, die immer gleiche Arbeit zu machen, zu lesen, auszuwählen und Ordnung zu schaffen.

Der Verkehr vor meinem Haus ist fast zum Erliegen gekommen, und ich sehe kaum noch Fußgänger, wenn ich am Fenster sitze und die Vögel an der Futterstelle beobachte. Ich hätte längst aufhören können, die Vögel zu füttern, aber ich tue es bis in den Frühsommer, ich mag es, sie zu beobachten, ich mag ihre Gesellschaft, vor allem jetzt, wo die Welt in einen tiefen Schlaf gefallen zu sein scheint. Nicht einmal mehr Kinder spielen draußen, und es ist ganz still geworden. Als der Regen nachlässt, schreibe ich eine Liste von allem, was fehlt, und schultere früher als sonst den Rucksack.

Ich bin der einzige Kunde im Lebensmittelgeschäft. Der Ladenbesitzer macht ein paar launige Bemerkungen über die Lage der Welt. Ich will ihm das Geld reichen, er schüttelt den Kopf und zeigt auf eine Schale neben der Kasse. Ich frage mich, was diese Maßnahme soll, aber ich sage nichts und lege das Geld in die Schale und nehme das Wechselgeld heraus und stecke es ein. Während ich die Einkäufe in den Rucksack packe, verschwindet der Händler grußlos zwischen den Regalen.

Draußen ist kein Mensch zu sehen. Vielleicht ist das der Grund, weshalb ich nach Monaten der Bewegungslosigkeit plötzlich Lust verspüre, einen Spaziergang zu machen. Statt zurück nach Hause gehe ich in die andere Richtung den Hügel hinunter. Auch auf der Hauptstraße ist kaum Verkehr und als ich an den Fluss komme und den Spazierweg nehme, der das Tal hoch führt, bin ich ganz allein.

An einem Baum neben einer Feuerstelle lehnen vier angespitzte Stecken. Vermutlich hat jemand Würste gebraten und die Stecken für die nächsten Wanderer hiergelassen. Unten am Wasser finde ich die Überreste einer kleinen Welt, aus Ästchen und Tannzapfen gebaut, Grashalme und einige verwelkte Blumen liegen da, kleine Kissen Moos, ein Ornament aus Kieseln, das irgendeine Bedeutung gehabt haben muss für das Kind, das dies hier schuf und dann zurückließ. Beim nächsten Regen wird alles weggeschwemmt werden.

Ich setze mich an die Uferböschung, die Szenerie verschwimmt, ich schließe die Augen. Im Rauschen des Wassers kommen Bilder hoch. Franziska und ich in der Badeanstalt, am Ufer des Flusses, manchmal an einem der kleinen Seen in der Gegend, in denen wir baden gingen. Wir fuhren mit den Fahrrädern hin. Es war ein regnerischer Tag, aber das hielt uns nicht von unserem Vorhaben ab, wir liebten beide das Wasser und konnten ihm nicht widerstehen. Die kleine Badeanstalt am See war geschlossen, und wir zogen uns hinter der Hütte mit den Umkleidekabinen um, voneinander abgewandt, aber so nah beieinander, dass ich Franziskas Bewegungen und die Wärme ihres Körpers zu spüren meinte. Wir liefen hinunter zum Ufer, stürzten uns ins Wasser, das wärmer war als die Luft. Wir schwammen weit hinaus, schnell und ohne zu reden, als hätten wir ein

Ziel. Ein paar Enten flatterten tief über den See, oder waren es Haubentaucher? Sonst war kein lebendiges Wesen zu sehen.

Das Wasser war dunkel, fast schwarz, in Ufernähe spürte ich die langen Ranken der Schlingpflanzen, die hier bis an die Oberfläche wuchsen und an meinen Beinen entlangstreiften. Bei jedem Zug tauchte ich den Kopf ins Wasser. Ich hielt die Augen offen und sah durch das trübe Wasser Franziskas Körper vor mir, eine helle Ahnung.

Sie taucht ab, ich folge ihr in die Dunkelheit. Jetzt ist das Wasser plötzlich klar, und im Rest von Licht sehe ich ihre schlanke Figur, die ruhigen, kraftvollen Züge, mit denen sie Tiefe gewinnt. Sie wendet sich um, als warte sie auf mich. Sie lächelt und lockt mich mit der Hand, ich soll näher kommen. Ihr Haar schwebt um ihren Kopf, es sieht aus wie die Ranken der Schlingpflanzen. Ich bin jetzt nah bei ihr. Sie nimmt meine Hand, zieht mich ganz zu sich, und wir küssen uns. Luftblasen steigen auf aus unseren geöffneten Mündern, aus unserer Badekleidung, es kommt mir vor, als höre ich das Echo eines Lachens. Ich versuche, Franziska zu fassen, aber ihr Körper entgleitet mir. Sie nimmt meine Hand und zieht mich weiter in die Dunkelheit und in die Kälte, in die Tiefe, die sich unter uns auftut. Atemlos öffne ich die Augen. Am anderen Flussufer geht ein Mann mit einem Hund vorbei.

Ein einziges Mal hatten Franziska und ich uns tatsächlich geküsst an ebenjener Straßenkreuzung, an der wir uns jeden Tag trennten. Es war nach der Abschlussfeier der neunten Klasse. Ich hatte mir vorgenommen, Franziska endlich meine Liebe zu gestehen, auch wenn ich sie mir selbst kaum erklären konnte. Wir standen an der Kreuzung, es war nach Mitternacht, wir waren wohl beide müde, wussten nicht mehr, was wir noch reden sollten, und wollten doch nicht nach Hause gehen. Nach langem Schweigen sagte ich die Sätze, die ich ihr in Gedanken schon tausendmal gesagt hatte. Ich liebe dich. Darf ich dich küssen? Ich sprach so leise und undeutlich, dass sie mich nicht verstand. Was hast du gesagt? Jetzt erst, als ich meine Worte trotzig wiederholte, wie auswendig gelernt, spürte ich, wie falsch sie klangen, wie wenig sie genügten. Es war, als reduziere ich all das Wunderbare und Rätselhafte, was ich für Franziska empfand, auf diese dummen Worte, die immer und immer wieder verwendet und abgenutzt worden waren. Es gab ein kurzes Schweigen, dann sagte Franziska, du darfst mich küssen, aber ich bin nicht in dich verliebt. Und das Glück, sie zu küssen, war untergegangen im Unglück, nicht von ihr geliebt zu werden und insgeheim zu wissen, dass ich ihre Liebe nicht verdiente und nie verdienen würde.

Ich kann mich auch nach fast vierzig Jahren noch genau an diesen Moment erinnern, an die Worte, die wir sprachen, an die Stelle, an der es geschah. Ich kann mich an Franziska erinnern, ihr Lächeln und ihr kurzes Zögern und selbst an ihren Kuss, der trotz seiner Kürze mehr als freundschaftlich war, nur an mich selbst erinnere ich mich nicht. Auf den Bildern aus der Vergangenheit ist da, wo ich sein sollte, eine Unschärfe, eine Leere. Es ist mir, als sei der Junge von damals nur die Perspektive meiner Erinnerungen, aber kein lebendiger Mensch.

Ich weiß noch, wie groß, wie verstörend meine Liebe zu Franziska war, aber die Empfindungen werden immer schwächer, und ich fürchte, irgendwann werden sie nur noch eine Behauptung sein, wie Beschwörungen in alten Briefen, die man mit Verwunderung liest.

Da ist noch ein anderer Satz, ich weiß nicht, ob Franziska ihn sagte oder ob meine Erinnerung ihn erschaffen hat. Ich liebe dich nicht, weil ich dich liebe. Wie meinst du das?, frage ich. Aber du hast es doch gesagt, sagt Franziska und lacht.

Zwei Enten schwimmen flussaufwärts und überqueren die Schwelle mit einigen kurzen Flügelschlägen. Die Geräusche der Vögel im Flug, auch darüber müsste ich eine Akte erstellen.

Im Flur gleich neben dem Eingang unter der altertümlichen Garderobe steht ein großer Pappkarton mit leeren, graugelben Aktenmappen, die ich beim selben Großhändler beziehe, von dem auch das Presseaus seine Mappen gekauft hatte. Ich nehme zwei heraus und beschrifte sie, Die Geräusche des Wassers und Die Geräusche der Vögel im Flug, und lege sie auf einen Stapel auf dem Schreibtisch, auf dem bestimmt schon ein Dutzend solcher beschrifteter, aber leerer Mappen liegt. Ich weiß nicht, wie ich sie füllen soll, ich habe immer nur gesammelt und sortiert, eingeordnet, was andere erlebt und aufgeschrieben hatten.

Ich gehe in den Keller zu meinen Akten, blättere durch den Thesaurus, in dem die ganze Welt geordnet ist in Themen und Klassen und Unterklassen, ein raffiniertes numerisches System. Künste und Unterhaltung. Musik. Prinzipien, Formen, Ensembles, Stimmen, Instrumente. Musiktraditionen. Vokalmusik. Weltliche Formen. Lieder westlicher Unterhaltungsmusik. Biographien. Da ist die Akte von Franziska oder Fabienne, wie sie sich später nannte. Ursprünglich gab es ein separates alphabetisches Personenregister, aber ich habe es nach und nach integriert und für jede Person den richtigen Platz im System gefunden, für Politiker, Künstler, Sportler, es hat mich Wochen und viele schwierige Entscheidungen gekostet.

Ich ziehe die Akte von Franziska heraus, wiege sie in der Hand. Sie ist bestimmt zwei Kilo schwer, ich muss sie mit beiden Händen halten, so dick ist sie.

Ich nehme sie mit hoch ins Büro, lege sie auf den Schreibtisch und schaue sie lange einfach nur an. Fabienne steht als Titel auf der Mappe. Irgendwann, als das Archiv schon mir gehörte, habe ich Franziska daruntergeschrieben und in Klammern ihr Geburtsdatum, den 19. Mai 1965. Dahinter habe ich Platz frei gelassen für ein weiteres Datum.

Tage vergehen. Wie lange steht die Welt schon still? Die Zeit scheint keine Rolle mehr zu spielen. Ich gehe jetzt öfter hinaus, bald jeden Tag. Ich folge den leeren Straßen und gewöhne mich langsam wieder daran, mich in der Öffentlichkeit zu bewegen. Wenn jemand mir entgegenkommt, was selten passiert, weiche ich aus, nehme, wann immer möglich, einen anderen Weg oder kehre um. Ich muss ja an keinen bestimmten Ort, ob ich hierhin oder dahin gelange, ist einerlei. Schon nach einer Woche kann ich mir gar nicht mehr vorstellen, wie ich es so lange im Haus ausgehalten habe, aber ich merke, dass meine Stimmung stärker schwankt als zuvor, manchmal bin ich überglücklich, beinah euphorisch, dann erfasst mich, wenn ich draußen bin, plötzlich Angst, mein Atem stockt, und mir wird schwindlig. Dann muss ich mich an irgendetwas festhalten, einem Baum oder einem Laternenpfahl, einem Gartenzaun, bis ich wieder ruhiger bin und es nach Hause schaffe. Dort verstecke ich mich für Stunden im Keller, bis ich mich beruhigt habe. Ich werde plötzlich wütend, hasse das Archiv, das mir wie ein Verlies vorkommt, in das ich mich selbst gesperrt habe. Einmal bin ich nahe daran, die Akten aus den Regalen zu reißen und darauf herumzutrampeln, aber was würde es ändern?

In dieser Nacht träume ich davon, wie alles niederbrennt, mein ganzes Archiv, das Haus, alle meine Sachen, aber es ist kein Albtraum. Niemand kommt, um den Brand zu löschen. Ich stehe vor dem brennenden Haus, gefährlich nah, trotzdem spüre ich die Hitze des Feuers nicht, rieche nicht den Rauch, der in einer dicken Säule in den Himmel steigt. Ich rieche den Flieder, der dieses Jahr viel früher blüht als in anderen.

Ich öffne Franziskas Akte, ein dickes Bündel Artikel, Interviews, Kritiken, sogar einige Texte, die sie selbst verfasst hat. Mehr als dreißig Jahre müssen es her sein seit ihren ersten Konzerten, seit sie an die Öffentlichkeit trat, ein junges Mädchen mit einer schönen Stimme und großen Erwartungen.

Es mag seltsam erscheinen, aber ich lese eigentlich nie in den Akten, es genügt mir, dass sie da sind und nachgeführt werden. Nicht einmal jene über Franziska habe ich jemals angeschaut, so wie man die Tage nicht anschaut, die man mit einem geliebten Menschen verbracht hat. Man lebt sie einen nach dem anderen, und jeder neue löst den vorigen ab, legt sich auf ihn, eine weitere Schicht im Sediment der Erinnerungen. Als ich die Akte öffne, kommt es mir vor, als beginge ich eine Indiskretion, als habe ich kein Recht dazu. Ich weiß nicht, wonach ich suche. Nach meinen Erinnerungen an Franziska, die langsam verblassen? Aber vielleicht sind es gar nicht die Bilder von ihr, die verblassen, vielleicht bin ich es selbst, der immer durchsichtiger wird, immer mehr Lebenskraft verliert, bis ich irgendwann nur noch weiterleben werde, weil ich nicht die Kraft habe, dem allem ein Ende zu bereiten.

Die letzten Artikel betreffen Franziskas Brustkrebserkrankung. Sie hatte sich, während sie krank war, nichts anmerken lassen, hatte mit einem enormen Aufwand an Willen und Kraft weitergemacht wie zuvor, sich eine Perücke gekauft und Konzerte bestritten und Interviews gegeben, in denen es um alles Mögliche ging, nur nicht um ihren Krebs. Erst als sie die Krankheit überstanden hatte, äußerte sie sich dazu mit der Offenheit und Tapferkeit, die von Prominenten erwartet wird. Aber selbst in diesen Gesprächen, in denen es um ihren Körper ging, um ihren Schmerz, ihre Ängste, wirkte sie seltsam abwesend, als sei auch ihre Krankheit nur ein weiterer Auftritt, den sie mit der gewohnten Professionalität absolvierte. Ich frage mich, ob es an ihr lag oder an den Journalisten, ob die Öffentlichkeit sich überhaupt dafür interessiert, was sich hinter dieser Fassade verbirgt, hinter diesem geschminkten Gesicht, dem erstarrten Lächeln. Und ob sich überhaupt etwas dahinter verbirgt?

Das war vor vier Jahren, danach wurde es still um Franziska, als habe die Krankheit sie erst besiegt, nachdem sie sie überstanden hatte. Kein neues Album, keine Konzerte, keine frische Beziehung, nicht einmal einer jener Artikel, in denen Journalisten nachfragen, was eigentlich diese oder jene Prominente macht, die lange nichts von sich hat hören lassen. Nach all den Jahren, in denen ich jeden kleinsten Artikel über Franziska gesammelt hatte, kam mir ihr Rückzug vor wie ein Verrat an mir.

Ich erinnere mich an alle ihre Beziehungen, die die Boulevardpresse von ihrem Beginn an bis zur Trennung begleitete, an den rätselhaften ersten Freund, von dem sie den Journalisten nicht einmal den Namen verriet und der bald von der Bildfläche verschwand und vom nächsten abgelöst wurde, einem Musikproduzenten, der sie entdeckt hatte und die ersten Jahre ihrer Karriere betreute. Dann kamen der Fußballspieler, der Sänger, mit dem sie ein Duett sang und dann ins Bett ging, und all die anderen Männer, über die spekuliert wurde. Wer ist der Mann an Fabiennes Seite? Hat sie einen Neuen? Ist es Liebe oder nur ein Flirt? Ich blättere die Artikel durch, lese die Überschriften, Einmal ausschlafen ist wie Ferien für mich, Erfolg bringt Stress, Die Liebe kam per SMS, Die Einsamkeit des Schlagerstars, Ich habe nichts zu verlieren.

Wenn wieder einmal eine von Franziskas Beziehungen zerbrochen war, hatte sie jeweils behauptet, sie sei durch mit der Liebe, sie sei zufrieden ohne Mann, könne für sich alleine sorgen, es gehe ihr prächtig als Single. Das waren jeweils glückliche Monate voller Hoffnung für mich gewesen, bis wieder ein Mann an ihrer Seite auftauchte. Was erwartete ich denn? Dass sie mich nach zehn, nach zwanzig, nach dreißig Jahren anrief, um mir zu sagen, sie habe sich damals geirrt, sie habe mich doch geliebt und tue es noch heute, ich sei die Liebe ihres Lebens wie sie die Liebe meines Lebens war? Natürlich nicht. Ich glaube, es genügte mir zu wissen, dass sie allein war wie ich.

Ich schaue mir die ältesten Artikel an, Auf einen Kaffee getroffen, ein kurzes Interview mit Fabienne, die heute Abend im Volkshaus ihr erstes Album vorstellt. Ich bin, die ich bin. Ein seltsamer Titel. Ich frage mich, ob er eine bewusste Anspielung auf die Heilige Schrift war, ob sie, ob ich diese Anspielung damals bemerkt hatten. Ich starte meinen alten PC, das Zitat ist schnell gefunden, 2. Mose 3,14. Mose fragt Gott nach seinem Namen, und dieser antwortet, Ich bin, der ich bin. Sag deinem Volk, der Ichbin hat mich zu euch gesandt.

Die Übersetzung der Stelle scheint umstritten zu sein, in den Suchresultaten tauchen alle möglichen

Varianten und Kommentare dazu auf. In einem lese ich, die korrekte Übersetzung müsste lauten, ich werde da sein, der ich immer da sein werde. In einem anderen: Ich bin der Dabeiseiende. Es ist eine seltsam bescheidene Bezeichnung, die sich Gott da gibt, nicht der allmächtige Schöpfer, der Weltenlenker, der gestrenge Übervater, nur der, der da ist, der dabei ist. Eigentlich würde diese Bezeichnung auch zu mir passen, zumindest was mein Verhältnis zu Franziska angeht, ich war immer dabei, nicht als Akteur, nur als ferner Beobachter und Begleiter. Dabei hoffte ich insgeheim, Franziska könnte meine Anwesenheit spüren, meine Gedanken an sie, es gäbe eine unsichtbare Verbindung zwischen uns, auch wenn wir uns jahrzehntelang nicht gesehen hatten. Sie tauchte in meinen Gedanken auf, sprach zu mir, kommentierte mein Tun, sie leistete mir Gesellschaft, bestärkte mich, scherzte mit mir. Dann schauten wir uns schweigend an, umarmten und küssten und liebten uns. Natürlich war das Unsinn, aber der Gedanke, ich sei bei ihr wie sie bei mir, war ein Trost.

Ich hole eine gelbe Mappe im Flur und beschrifte sie, Der Dabeiseiende, und lege sie auf den Stapel mit den leeren Mappen.

Dieses erste Interview war ziemlich banal, mit bemühtem Humor versuchte Franziska den indiskreten Fragen des Journalisten auszuweichen. Was sie nie tun würde, auch nicht für viel Geld? Was ihr heilig sei? Mit welchem Menschen sie eine Nacht verbringen möchte? Wo sie am liebsten berührt werde?

Ob sie in einer Beziehung lebe?, fragte der Journalist auch, und sie sagte, ja, aber mehr verrate sie nicht. Das muss noch ihr rätselhafter erster Freund gewesen sein, auch in ein paar anderen Artikeln wird er erwähnt, aber niemand schien ihn jemals gesehen zu haben oder mehr von ihm zu wissen, als dass er existierte. Ich frage mich, wer das gewesen sein könnte. Wir verbrachten damals so viel Zeit zusammen und redeten über alles, es kränkt mich, dass sie mir nie von ihm erzählte. Aber vielleicht wollte sie mich nur schonen, weil sie ahnte, wie sehr ich noch immer in sie verliebt war. Franziska war immer diskret gewesen, wenn es um ihr Privatleben ging, hatte nie Homestorys mitgemacht oder ihre Beziehungsprobleme an die Öffentlichkeit getragen, aber von ihren anderen Männern kannte man wenigstens die Namen, und es gab Bilder von gemeinsamen Auftritten in der Öffentlichkeit. Gelegentlich äußerte sie sich auch zu privaten Themen, wie sie Weihnachten verbrachte oder wo ihren Urlaub. Ich lese ein paar spätere Interviews, aber sie langweilen mich bald. Franziska hatte eine unverbindliche Art, sie gab den Journalisten, was sie wollten, und sagte doch nichts, was von Bedeutung gewesen wäre und irgendetwas über sie verraten hätte. In jeder Stunde, die ich mit ihr verbracht hatte, hatte ich mehr über sie erfahren als aus diesem ganzen Wust Papier.

Es wäre Zeit, das Abendessen zu kochen, aber ich habe keine Lust und keinen Hunger. Auch die Nachrichten schalte ich nicht ein, ich habe immer öfter das Gefühl, alles schon einmal gehört zu haben, mich wie auf einer Möbiusschleife endlos im Kreis zu drehen, ohne Chance zu entkommen. Manchmal scheint die Sonne, manchmal ist der Himmel bewölkt, manchmal ist es kalt, manchmal warm, ich kann es ja doch nicht ändern. Ich öffne eine Flasche Wein, ziehe eine warme Jacke an und setze mich hinter das Haus in den Garten. Der Himmel ist klar, seit Wochen hat es nicht geregnet, es ist schon fast Vollmond. Selten sei der Mond so nah an der Erde, stand in der Zeitung, und er wirkt tatsächlich größer als sonst, fast beängstigend groß. Seit Tagen empfinde ich eine Unruhe, als werde ich von irgendetwas oder irgendjemandem bedroht.

Über unseren Kuss sprachen Franziska und ich nie, auch nicht mehr über meine Liebe zu ihr. Aber unsere Beziehung veränderte sich danach, wurde vielleicht sogar noch enger. Ich war dankbar, in ihrer Nähe sein zu dürfen, und sie schien mich gerne um sich zu haben. Wir gingen zusammen ins Gymnasium und verbrachten auch unsere Freizeit oft zusammen. Ich wusste, dass Franziska gerne und schön sang, auch dass sie Gesangsunterricht nahm, aber über ihre Ambitionen sprach sie nicht.

Nach dem Abitur begann sie eine Lehre als Krankenpflegerin im lokalen Krankenhaus, und ich ging an die Universität. Wir sahen uns seltener, wir hatten wohl beide genug damit zu tun, uns in der neuen Umgebung zurechtzufinden und uns zu behaupten. Oder der Student hatte interessantere Gesellschaft an der Uni, sagt Franziska. Die hübschen Studentinnen aus gutem Haus. Da war die kleine Krankenschwester bald vergessen. Das ist nicht wahr, sage ich aufgebracht, ich habe dich nicht vergessen. Aber du hast dich auch nicht um mich bemüht, sagt sie.

Am ehesten sahen wir uns noch an Feiertagen, wenn wir beide unsere Familien besuchten und uns zu Hause irgendwann die Decke auf den Kopf fiel und wir uns in unserer alten Stammkneipe trafen. Wir tranken Bier, flipperten und redeten. Im Lokal war es laut, die Luft war verraucht. Und einmal haben wir zusammen Silvester gefeiert, weißt du noch?, sagt Franziska. Wir kochten im Personalhaus, in dem du wohntest. Ich und ein paar meiner Kolleginnen und da war ein Freund von dir, wie hieß der noch gleich? Walter? Um Mitternacht gingen wir aufs Dach, es hatte geschneit, und wir sahen unter uns die ganze Stadt und den See und das Feuerwerk, das die Leute abbrannten. Das hatte ich komplett vergessen, aber jetzt erinnere ich mich wieder. Es war eine eiskalte

Nacht, und ich war ganz verrückt nach dir. Du hast bei einer Freundin übernachtet, ich habe euch nach Hause gebracht. Spät nachts bin ich alleine zurück zum Personalhaus gelaufen, wieder nüchtern von der Kälte und von meinem Glück.

Wenn wir uns trafen, erzählte ich nicht viel von meinem Leben an der Uni, und Franziska sprach kaum über das Krankenhaus, stattdessen frischten wir alte Erinnerungen auf, sprachen über ehemalige Lehrer und Schulfreunde, als gingen ihre Leben uns mehr an als unsere eigenen. Ich war überrascht, als Franziska mir erzählte, sie werde an der Feier zur Lehrabschlussprüfung einige Chansons singen, und mich einlud zu kommen.

Ich war vor dem Auftritt bei ihr hinter der Bühne, sie war so aufgeregt, als solle sie im Fernsehen vor einem Millionenpublikum singen, und ich versuchte, sie zu beruhigen. Ich spuckte ihr dreimal über die Schulter, und sie sagte, du bist mein Glücksbringer. Dann sang sie einige Lieder von Barbara, schwierige, melancholische Stücke, die mir gar nicht zu ihr zu passen schienen und die mich umso mehr berührten. Ich stand am Rand der Bühne hinter dem Vorhang und konnte Franziska nur von der Seite sehen, aber sie kam mir schöner vor als jemals zuvor, vielleicht zum ersten Mal erwachsen und stark und zugleich verletzlich. Sie sang von Liebe und Schmerz, von Erfüllung und Verlust, als hätte sie das alles schon durchgemacht, und es war, als mache diese dunkle Erwartung sie schöner, als jeder Schmerz es jemals könnte.

Der Applaus war ziemlich zögerlich und später am Büfett hörte ich, wie ein paar von Franziskas Kolleginnen sich den Mund zerrissen über ihren Auftritt. Die Musik hätte nicht gepasst, meinte eine, dieses melancholische Zeug, das sei doch keine Beerdigung hier, und eine andere sagte, Franziska glaube wohl, sie sei ein großer Star, die hätte mal besser mehr für die Abschlussprüfung gelernt. Ich hätte sie verteidigen müssen, aber ich tat es nicht, drückte mich nur peinlich berührt davon. Ich weiß nicht, ob Franziska die Feindseligkeiten mitbekam, sie war den ganzen Rest des Abends seltsam abwesend und ernster als sonst. Als nach dem Essen und den Ansprachen Musik aufgelegt und getanzt wurde, sagte sie, sie wolle nach Hause, ob ich sie begleite.

Mein Studium zog sich in die Länge, ohne dass ich recht sagen könnte, weshalb. Ich vertat meine Zeit, ohne viel zu erreichen oder zu unternehmen. Franziska hatte eine Stelle am Universitätskrankenhaus angenommen, und wir trafen uns wieder häufiger. Wir gingen zu Konzerten oder ins Kino, redeten halbe Nächte durch, aber nie sprachen wir über Beziehungen, es war, als seien wir beide noch nicht bereit dafür.

Franziska kam mir viel erwachsener vor als ich mir selbst. Sie wohnte in einem kleinen Studio und hatte sich einen Gebrauchtwagen gekauft, eine Ente, mit der sie halsbrecherische Fahrten unternahm. Dann und wann hatte sie Konzerte auf kleinen Bühnen in der Provinz. Ich fuhr sie in ihrem Auto hin, half ihr beim Aufbau, kümmerte mich manchmal sogar um die rudimentäre Tontechnik oder kontrollierte die Eintrittskarten und fuhr sie spät nachts, wenn sie noch ganz beseelt war von ihrem Auftritt, wieder nach Hause. Wenn jemand aus dem Publikum aufdringlich wurde, mischte ich mich ein und hielt die Leute auf Distanz, während Franziska in der Garderobe verschwand. Fanden die Konzerte zu weit von zu Hause statt, übernachteten wir in einfachen Hotels oder Pensionen, es kam sogar vor, dass wir, um Geld zu sparen, im selben Zimmer schliefen wie Bruder und Schwester.

Der Veranstalter hatte uns den Schlüssel mitgebracht, weil der Gasthof nur bis zehn Uhr abends geöffnet hatte. Das war irgendwo in Süddeutschland, im Schwarzwald, glaube ich. Obwohl er uns den Weg genau beschrieben hatte, brauchten wir lange, bis wir den Ort mitten im Wald gefunden hatten. Es war eine Wirtschaft mit einem großen, etwas heruntergekommenen Biergarten und ein paar wenigen Zimmern über der Gaststube. Der Nachteingang war auf der Rückseite des Gebäudes. Wir fanden den Lichtschalter nicht und tasteten uns die Treppe hoch. Franziska nahm mich bei der Hand und ging voraus, ich musste an Hänsel und Gretel denken, die sich im Wald verlaufen. Nein, sagt Franziska, wir sind Brüderlein und Schwesterlein. Das Brüderlein verwandelt sich in ein Reh, und immer wenn die Hörner zur Jagd blasen, will es in den Wald. Es will zur Jagd, dabei ist es das Gejagte. Und dann wird es verwundet und kann doch nicht anders und muss am nächsten Tag wieder zur Jagd. Ist das nicht schön und fürchterlich zugleich? Du hast dich immer vor der Jagd gefürchtet, sagt sie, nicht wahr? Ich bin das Brüderlein und du das Schwesterlein. Und lacht ihr Lachen, das mich ganz schwindlig macht.

Die Zimmereinrichtung war ältlich und in schlechtem Zustand, es gab nur ein großes Bett, ein durchgesessenes Sofa, das aussah, als sei es vom Sperrmüll, und eine Kommode mit Spiegel. Die Heizung war heruntergedreht, es war feucht und kalt im Zimmer, und es roch seltsam. Franziska fand alles sehr lustig, obwohl es eher deprimierend war, sie machte Witze und lachte die ganze Zeit. Wir flüsterten, obwohl wir ziemlich sicher die einzigen Gäste waren, vermutlich die einzigen Menschen im Gebäude. Vielleicht gibt es hier Wölfe, sagte Franziska und schaute mich mit großen Augen an, ich glaube, sie war etwas betrunken. Warum hast du so große Augen?, fragte ich.

Damit ich dich besser sehen kann. Und warum hast du einen so großen Mund?, fragte sie und blinzelte mir zu.

Wir hatten eine angefangene Flasche Rotwein aus dem Konzertlokal mitgebracht, im Bad fanden wir zwei in Plastikfolie eingeschweißte Becher. Ich schenkte ein, und wir stießen an. Auf deinen Erfolg, sagte ich, möge er lange währen. Schade, dass du nicht Klavier spielst, sagte Franziska, sonst könntest du mich begleiten, und wir könnten zusammen auf Tournee gehen. Sie trank ihren Becher in einem Zug aus und sagte, sie gehe ins Bad. Kurz darauf hörte ich das Rauschen der Dusche. Es schien eine Ewigkeit zu dauern, bis Franziska aus dem Bad kam, sie trug nur Slip und T-Shirt. Ich saß immer noch auf dem Sofa, und sie streckte sich neben mich und legte den Kopf auf meinen Schoß. Ich bin hundemüde, sagte sie und lächelte, ihr Gesicht sah, so von oben und im rechten Winkel betrachtet, ganz anders aus als sonst, sie wirkte jünger und irgendwie offener, ich weiß nicht wofür. Ich strich ihr eine Haarsträhne aus dem Gesicht, streichelte ihr Haar. Mit einem Finger fuhr ich ihren Ohrmuscheln entlang. Sie trug keinen BH, ihre Brustwarzen zeichneten sich ab unter dem dünnen Stoff des T-Shirts. Wo schaust du denn hin?, sagte sie und lächelte. In meiner Erinnerung streichelte ich ganz sanft ihre Brüste, ihren Bauch, aber ist das überhaupt möglich oder bilde ich mir das nur ein, weil ich es mir so sehr wünschte? Wir schwiegen. Irgendwann richtete Franziska sich auf und sagte, ihr sei kalt, sie gehe ins Bett. Kommst du auch?

Ich ging ins Bad, wusch mich und putzte die Zähne. Dann stand ich lange nur da, betrachtete mich im Spiegel, ich weiß nicht, worauf ich wartete. Ich hielt den Atem an und lauschte, ob aus dem Nebenraum noch etwas zu hören war. Als ich endlich zurück ins Zimmer trat, war Franziska eingeschlafen. Ich legte mich zu ihr. Ohne aufzuwachen, rückte sie näher und drückte sich an mich.

Ich habe später oft an jene Nacht in der Waldschenke gedacht, habe mir ausgemalt, was alles hätte geschehen können, wenn ich früher aus dem Bad gekommen wäre. Vielleicht hatte Franziska ja darauf gewartet, dass ich den ersten Schritt mache. Sie hatte gesagt, sie liebe mich nicht, aber das lag Jahre zurück, als wir noch Kinder waren, Gefühle konnten sich ändern. Nachdem ich sie am nächsten Tag nach Hause gefahren hatte, entwarf ich einen Brief an sie, aber als ich ihn noch einmal las, kam er mir so wirr und unentschieden vor, dass ich ihn wegwarf. Oder habe ich ihn aufbewahrt? Ich weiß es nicht mehr. Ich weiß nur noch, dass ich nie mehr so verliebt war in meinem Leben wie damals, zugleich glücklich und verzweifelt.

Manchmal, wenn ich mich mit Franziska traf,

konnte ich kaum atmen, das eine oder andere Mal weinte ich sogar, nachdem wir uns gesehen hatten. Jetzt kommt es mir verrückt vor, um eine Frau zu weinen, aber ich bin mir nicht sicher, ob das Reife bedeutet oder nur Gleichgültigkeit. Das letzte Mal geweint habe ich nach dem Tod meiner Mutter.

Was würde ich Franziska heute schreiben? Ich habe dich immer geliebt? Ich habe mein ganzes Leben lang auf dich gewartet? Nein, nicht gewartet, ich war immer da. Ich war immer für dich da, auch wenn wir uns nie mehr gesehen haben. Vielleicht ist es gut, dass wir nicht zusammengekommen sind, eine Beziehung hätte meiner Liebe nie genügen, hätte sie nur beschädigen können, abnutzen wie einen Gegenstand oder ein Wort im Gebrauch. Warum ich gerade dich geliebt habe? Ich weiß es nicht. Ich kann es dir ebenso wenig erklären wie damals vor fast vierzig Jahren, als wir uns küssten, als du mir sagtest, du liebtest mich nicht. Ich bin in all den Jahren kein bisschen schlauer geworden, nur älter.

Ich habe eine zweite Flasche Wein aufgemacht, was spielt es für eine Rolle. Es ist dunkel im Garten, das Licht der Straßenlaternen wird vom Haus abgeschirmt. Irgendwo raschelt etwas, vielleicht ein Igel. Sind Igel so früh im Jahr schon aktiv? Ich weiß es nicht. Habe ich eine Akte über Igel? Ich weiß es nicht. Wie vieles ich nicht weiß.

Im Bett kommt mir ein verrückter Gedanke. Jener

erste, namenlose Freund von Franziska war ich. Je länger ich darüber nachdenke, desto sicherer bin ich mir. Sie hätte es mir bestimmt gesagt, wenn sie einen anderen gehabt hätte, einer von unseren Freunden hätte es mir verraten, ich hätte es merken müssen. Er hätte sie zu ihren Konzerten begleitet, aber da war nie jemand außer mir. Oder sie hatte sich mit der Behauptung, einen Freund zu haben, nur geschützt vor Verrückten, die sich in ihr Gesicht oder ihre Stimme verliebt hatten. Ich habe von Anfang an Liebesbriefe bekommen, sagt Franziska, seltsame Briefe von Männern, die taten, als kennten sie mich. Manche schrieben mir ihre sexuellen Phantasien, andere machten mir Heiratsanträge, schrieben mir, wie viel Geld sie hätten, einer schickte mir ein Foto von seinem Haus und seinem Auto. Diese Briefe machten mir Angst, selbst wenn die meisten ganz harmlos waren.

Eigentlich war ich ja auch nur einer dieser Verrückten, die Franziska die Liebe erklärten, ohne sie wirklich zu kennen. Wie viele Briefe schrieb ich ihr, die ich nicht abschickte? Habe ich diese Briefe noch? Habe ich eine Akte über die Liebe, über meine Liebe? Wo würde ich sie einordnen? Bei der Soziologie und Anthropologie, soziale Interaktion? Oder bei Medizin und Gesundheit, Krankheiten, psychische Störungen?

Die Päonien treiben aus. Die Stöcke müssen fünfzig, sechzig Jahre alt sein, vielleicht noch älter, sie waren schon da, als ich noch ein Kind war. Ich gieße sie, sie sind robust, aber die Trockenheit ist wirklich außergewöhnlich in diesem Jahr. Habe ich eine Akte über Päonien? Es hat mich immer gestört, dass die Gärten, die Zierpflanzen unter dem Überbegriff Landwirtschaft geführt werden und nicht unter den Künsten wie die Landschaftsarchitektur oder wenigstens wie die anderen Pflanzen unter Naturgeschichte. Ich habe mir schon überlegt, sie anders einzuordnen, aber das würde das System stören. Ich darf es nicht willkürlich durcheinanderbringen, nur weil ich mit dem Thesaurus nicht einverstanden bin. Er wurde vor bald hundertfünfzig Jahren erstellt und wird überall auf der Welt verwendet. Er kann unbegrenzt erweitert werden, aber verändert werden darf er nicht.

Ich müsste längst wieder am Schreibtisch sitzen, aber ich habe in letzter Zeit keine rechte Lust dazu. Die unbearbeiteten Zeitungen und Zeitschriften stapeln sich auf dem Boden des Büros, es wird Wochen dauern, bis ich alles aufgearbeitet habe, aber nicht einmal dieser Gedanke kann mich antreiben.

Ich weiß nicht mehr, warum ich mich um das Auslandsjahr bewarb, vielleicht dachte ich, ich könnte in Paris auch nicht unglücklicher sein als zu Hause.

Oder wollte ich weg von Franziska? Dachte ich, ich könnte meinen Gefühlen so entkommen? Und wer fährt mich dann zu meinen Konzerten?, fragte sie, als ich ihr davon erzählte. Aber sie lachte, es klang fast, als sei sie erleichtert. Sie gratulierte mir zum Stipendium. Ich wusste immer, dass du es weit bringen wirst, sagte sie. Kommst du mich in Paris besuchen?, fragte ich. Klar, sagte sie, wenn du mir ein Konzert im Olympia organisierst. Aber sie kam nicht. Überhaupt hörte ich mein ganzes Pariser Jahr lang fast nie von ihr. Sie schickte mir die eine oder andere nichtssagende Postkarte, das Wetter war gut, es ging ihr prächtig, mir hoffentlich auch. Auf einer Karte aus ihren Sommerferien in Italien schrieb sie plötzlich wir statt ich. Wir genießen das italienische Essen, wir machen viele Ausflüge, wir sind schon ganz braun geworden. Ich fragte mich, wer dieses wir war, ob sie mit ihren Eltern in die Ferien gefahren war, mit einer Freundin oder mit einem Mann. Ich stellte die Karte auf den kleinen Schreibtisch in meinem Zimmer, und manchmal drehte ich sie schnell um und las sie wieder, als könne ich Franziska so ertappen und herausfinden, mit wem sie ihre Ferien verbrachte.

Wenn es mein Ziel gewesen war, in Paris von Franziska loszukommen, so gelang mir das wenigstens zum Teil. Meine Liebe zu ihr ließ nicht nach, aber ich fragte mich manchmal, ob ich nicht eher in meine Gefühle verliebt war als in sie, ob ich dasselbe nicht auch für eine andere Frau empfinden könnte. Dann kam wieder eine Postkarte von ihr, es ging ihr gut, wie ging es mir, Paris sei sicher toll, sie sei noch nie in der Stadt gewesen. Ich las die Karte hundertmal und suchte sie nach verborgenen Botschaften ab. Wollte Franziska mich besuchen? Wartete sie auf eine Einladung? Ich hatte sie doch eingeladen. Vermisste sie mich? Eine Woche lang konnte ich an nichts anderes denken.

Ich wohnte in einer billigen Pension in der Nähe der Gare de l'Est, den Tipp hatte ich von einem Kommilitonen bekommen, der dort ebenfalls eine Weile gehaust hatte. Mein Zimmer befand sich im fünften Stock, es gab keinen Aufzug, und ich musste mir die Toilette und die Dusche mit fünfzehn oder zwanzig anderen Langzeitgästen teilen, vielen Studentinnen und Studenten, die meisten Ausländer wie ich, aber auch ein paar Leute, die in regulären Berufen arbeiteten und keine Wohnung fanden oder sich keine leisten konnten.

Wir waren eine lustige Gemeinschaft, die viel zusammen unternahm. Zum ersten Mal fühlte ich mich wohl in einer Gruppe. Vielleicht war es die Anonymität der Großstadt, die mich befreite. Jede und jeder von uns hatte eine andere Geschichte, aber darüber sprachen wir selten. Wir konnten sein, wer wir wollten, eine andere Art von Leben ausprobieren.

Fast jeden Abend trafen sich einige von uns in einer Kneipe neben dem Hotel zum Aperitif. Sie wurde von Paco geführt, einem Algerier, der in einem Hinterzimmer Lederjacken und Musikkassetten zweifelhafter Herkunft verkaufte. Aber das störte uns nicht, im Gegenteil, es passte zu unserem Lebensgefühl. Alles war möglich, alles erlaubt.

Wir lebten von wenig Geld, aßen in billigen Restaurants oder Kantinen, gingen zusammen ins Kino, zu Vorträgen oder in Konzerte oder spazierten einfach ziellos durch die Stadt und diskutierten. Kurz vor meiner Ankunft hatte es große Studentenunruhen gegeben, bei denen sogar ein Student von Polizisten zu Tode geprügelt worden war, ich glaube, es war um Studiengebühren oder Zulassungsbeschränkungen gegangen, ich weiß es nicht mehr. Schließlich hatte die Regierung klein beigegeben, und es lag noch immer die Euphorie jener Proteste und des Sieges in der Luft. Überhaupt wurde unter den Studenten hier viel mehr diskutiert als zu Hause, wir redeten über Literatur und Filme, führten politische und philosophische Streitgespräche, als sei es bald an uns, die Welt zu regieren. Für mich war das alles ein großes Spiel, ich wusste, dass ich in die Schweiz zurückkehren würde, dass mich das alles nichts anging. Mit umso größerer Begeisterung spielte ich mit. Ich nahm das Leben leichter, und zugleich machte die Härte der Stadt mich erwachsen. Ich lernte mich durchzusetzen, ging aufrechter durch die Straßen und schaute den Menschen in die Augen, wenn ich mit ihnen sprach.

In der Pension lernte ich auch das dunkelhaarige Mädchen kennen. Sie kam wie ich aus der Schweiz, besuchte eine Sprachschule und wohnte die erste Zeit bei uns im fünften Stock. Wir nahmen sie in unseren Kreis auf, und manchmal ging sie mit uns essen oder begleitete uns auf unseren Streifzügen durch die Stadt, auch wenn unsere Gesprächsthemen sie nicht zu interessieren schienen. Die meiste Zeit saß sie einfach dabei und gefiel sich in der Rolle der rätselhaften Schweigenden, und wir plusterten uns vor ihr auf. Tatsächlich war sie viel reifer als wir alle zusammen mit unseren wirren Theorien und Meinungen und Plänen.

An der Uni machte ich nicht viel. Ich besuchte ein paar Seminare und die dazugehörigen Vorlesungen, schrieb die verlangten Arbeiten und Textinterpretationen. Die Seminarräume lagen in einem schlecht erleuchteten Untergeschoss in einem Nebengebäude, in dem es schon am Morgen nach Javelwasser roch und nach Kantinenessen. Mehr als einmal schlief ich während der Sitzungen fast ein, weil ich erst in den frühen Morgenstunden ins Bett gekommen und noch verkatert war von der Nacht davor. Das wirkliche Studentenleben fand nach den Vorlesungen statt in den Cafés des Viertels, wo wir uns trafen, um

Pläne für den kommenden Abend oder das Wochenende zu schmieden.

An einem Sonntag, es war im Frühherbst, an einem jener warmen, sonnigen Tage, an denen nur die Schwärze der Schatten erahnen lässt, dass es bald dunkel und kalt werden wird, besuchten wir den Friedhof Père Lachaise. Ich glaube, wir waren zu sechst, ich und meine drei engsten Kumpane und zwei Frauen, das dunkelhaarige Mädchen und eine überdrehte Italienerin, die ich nicht mochte und deren Namen ich vergessen habe. Wir gingen plaudernd über das riesige Gelände, ich wollte das Grab von Oscar Wilde sehen und das von Edith Piaf für Franziska fotografieren, meine Freunde suchten Jim Morrison.

Ich redete mit dem dunkelhaarigen Mädchen und merkte, dass die anderen weit voraus und wir nur noch zu zweit waren. Machst du auch ein Foto von mir?, fragte sie. Ich hatte einen noch fast leeren Film in der Kamera und machte ein Bild von ihr. Warte, sagte sie, fuhr sich mit der Hand durch ihr krauses Haar und warf sich in immer neue Posen, schnitt andere Gesichter, das scheue Mädchen, die erstaunte junge Frau, die verführerische Femme fatale, hilflos nachgeahmte Klischees, die etwas Rührendes hatten. Dann machte sie ein paar Fotos von mir. Damit ich mich an dich erinnere, sagte sie, aber es war ja meine

Kamera. Damit ich mich an mich erinnere, sagte ich. Als ich die Bilder später aus dem Labor zurückbekam, erkannte ich das Mädchen darauf fast nicht und sah sie vielleicht gerade deshalb so, wie sie war.

Jetzt reicht es aber, sagte ich und nahm ihr die Kamera aus der Hand. Ist dir nicht kalt?, fragte sie. Ich schüttelte den Kopf. Dir? Ein bisschen, sagte sie, und ich zog meine Jacke aus und hängte sie ihr um die Schultern. Unsere Freunde waren verschwunden. Das Mädchen nahm meine Hand, und wir gingen schweigend weiter als Paar.

Irgendwann müssen wir die anderen eingeholt haben, denn ich weiß noch, wie ich meine Hand zurückzog, als sie in Sicht kamen. Aber das Mädchen hielt meine Hand fest und ließ sie erst los, als wir in der Nähe des Friedhofs in ein Café traten. Es war ein großer, fast leerer Raum mit abgedeckten Billardtischen darin. Warum ich mich wohl ausgerechnet daran erinnere, obwohl es vollkommen bedeutungslos ist? Die anderen sagten nichts, als hätten sie längst geahnt, dass wir beide zusammengehörten. Erst jetzt fiel mir ein, dass ich vergessen hatte, das Grab von Edith Piaf zu fotografieren.

Zurück im Hotel kam das dunkelhaarige Mädchen wie selbstverständlich mit auf mein Zimmer, und ich war froh, dass wieder niemand etwas sagte. Ich war nicht verliebt in sie, aber die unerwartete und ungewohnte Nähe ließ mein Herz trotzdem höher schlagen. Ich sehe noch dieses Bild vor mir, wir haben das Licht nicht angemacht, es dämmert, und das Mädchen liegt auf dem Bett, sie hat nicht einmal meine Jacke ausgezogen, und wartet darauf, dass ich mich zu ihr lege. Ich kann mich nicht erinnern, wie wir uns küssten, ob wir uns auszogen, wie lange wir im Zimmer waren, ob wir an diesem Abend mit den anderen essen gingen. Ich weiß nur noch, dass ich einige Tage später in einer Apotheke stand und Kondome kaufte und dass mich der alte Apotheker strafend anschaute, als er mir die kleine Schachtel aushändigte, die aussah, als enthalte sie Medikamente gegen eine schlimme Krankheit. Daran, wie ich zum ersten Mal mit dem Mädchen schlief, erinnere ich mich nicht.

Auf meinen Streifzügen durch die Außenviertel kommt mir die Stadt fremd vor, ich entdecke sie neu wie damals Paris auf meinen langen Märschen. Alles scheint anders zu sein, alles neu, alles schön. Es ist, als schaute ich einen Film, der aus lauter Totalen geschnitten ist. Wenn ich überhaupt einen Menschen sehe, dann aus der Distanz. Wir scheinen uns abzustoßen wie gleich gepolte Magnete. So stelle ich mir das Leben der Frühmenschen vor, sie ziehen allein durch die Wildnis, jagen, sammeln Nüsse und Beeren und wenn sie irgendwo auf einen Artgenossen stoßen, weichen sie ihm aus, es gibt ja

Platz und Nahrung genug. Aber irgendwann treten die Kämpfer auf den Plan, die gemerkt haben, dass es einfacher ist, seine Nahrung zu stehlen als zu sammeln. Sie weichen nicht aus, greifen jeden an, dem sie begegnen, töten oder unterwerfen ihn. Größere Gruppen entstehen, die noch gefährlicher sind, die andere überfallen, ihre Vorräte stehlen, ihre Frauen entführen und ihre Kinder töten. Ihre Gene setzen sich durch, sie sind nicht fitter als die anderen, nur skrupellos. Und die Schwachen, die Mutlosen schließen sich ihnen an, begeben sich freiwillig unter ihren Schutz und beteiligen sich an ihren Gräueltaten, nur damit sie nicht alleine sind, nur damit auch sie zu den Siegern gehören. Aber hier und da gibt es noch die Einzelgänger. Sie verstecken sich in ihren Höhlen, ihren Hütten, verrammeln die Eingänge, kommen nur in der Dämmerung heraus, wenn niemand sonst unterwegs ist. Sie wollen nicht zu den Siegern gehören, wollen sich niemandem anschließen, sie wollen nur in Ruhe gelassen werden. Was für ein Unsinn.

Auf einer Bank in einem kleinen Park sitzt eine junge Frau und telefoniert. Sie spricht laut, aber ich verstehe kein Wort. Sie scheint bewegt zu sein, es klingt, als schluchze sie, aber plötzlich bin ich mir nicht sicher, ob sie lacht oder weint.

Die Familie meiner Pariser Freundin besaß ein Hotel in Basel, ein vornehmes Haus mit angegliedertem

Restaurant, das für seine gute Küche bekannt war. Meine Freundin wollte die Hotelfachschule besuchen, es war ausgemacht, dass sie später im Familienbetrieb arbeiten und ihn irgendwann übernehmen würde. Deshalb war sie nach Paris gekommen, sie musste ihr Französisch verbessern. Im Betrieb arbeiteten viele Grenzgänger, und auch ein ziemlich großer Teil der Gäste kam aus Frankreich. Du könntest eine Lehre als Koch machen, sagte sie, dann führst du das Restaurant und ich das Hotel. Ich glaube nicht, dass ich Talent dazu habe, sagte ich. Aber wir waren jung und dachten nicht wirklich an die Zukunft und daran, was für ein Leben wir führen würden, wenn unsere Zeit in Paris vorüber sein würde.

Liebst du mich?, fragte sie einmal unvermittelt. Ich weiß nicht mehr, was ich sagte, aber ich weiß noch, dass meine Antwort sie enttäuschte. Bei dir ist immer alles so kompliziert, sagte sie. Liebst du mich denn?, fragte ich, und sie sagte so leichtfertig ja, dass sie ebenso gut hätte nein sagen können.

Hat sie mir geglichen, deine Pariser Freundin?, fragt Franziska. Hat sie dich an mich erinnert? Nein, sage ich, sie sah ganz anders aus als du. Sie war sehr bleich, ihre Haut wirkte fast transparent, und sie hatte Sommersprossen im ganzen Gesicht. Sie hatte dunkles, gekraustes Haar und markante Augenbrauen. Die Fotos von damals müssen noch irgendwo sein. Soll ich sie dir zeigen?

Ich hole eine Aktenhülle und beschrifte sie mit dem Namen des dunkelhaarigen Mädchens. Dann steige ich auf den Dachboden, finde tatsächlich den Karton mit all meinen alten Bildern und trage ihn hinunter in mein Büro.

Die Fotos liegen zusammen mit den Negativen ungeordnet in den Umschlägen, in denen sie vom Labor kamen. Ich habe sie nie mehr angeschaut, die Bilder von Schulanlässen und Familienausflügen, von einer ersten Reise allein nach London, schlechte Aufnahmen in Schwarz-Weiß, ein Inventar der Sehenswürdigkeiten der Stadt, die Tower Bridge, die St. Paul's Cathedral, Oxford Circus, der Hyde Park. Ich bin auf keinem einzigen Bild zu sehen.

Der Umschlag mit den Fotos von Paris liegt ganz unten im Karton. Sie sehen genauso aus wie in meiner Erinnerung an jenen ersten Spaziergang auf dem Friedhof. Seltsamerweise sind die meisten, die ich vom dunkelhaarigen Mädchen gemacht habe, etwas unscharf. Und auf keinem, die sie von mir gemacht hat, schaue ich in die Kamera, schaue ich sie an. Es gibt auch einige Fotografien von Gräbern, eine von jenem Edith Piafs, dabei war ich sicher gewesen, es nicht fotografiert zu haben. Wenn nicht einmal das stimmt, was stimmt dann von meinen Erinnerungen? In einem Prozess könnte das Foto des Grabes gegen mich verwendet werden, aber niemand macht mir den Prozess. Ob ich wohl jemals einen Abzug für

Franziska gemacht habe? Vermutlich nicht. Was sie wohl denken würde, wenn ich es ihr heute schickte?

Ich frage mich, ob ich die Briefe noch habe, die mir meine Pariser Freundin schrieb, nachdem ich in die Schweiz zurückgekehrt war. Ich habe mein Leben damit verbracht, Texte zu sortieren und einzuordnen, aber in meinen eigenen Papieren, in meinem Leben gibt es keine Ordnung, es ist eine Ansammlung von Erlebnissen, Begegnungen, Entscheidungen, die mehr oder weniger zufällig aufeinander folgten und ihre Spuren hinterließen. Hier oder da mag ein Muster erkennbar sein, aber das ist eine Täuschung wie die Figuren, die man in Wolken zu erkennen glaubt, was mehr über unsere Angst vor der Formlosigkeit aussagt als über die Beschaffenheit der Welt. Vielleicht befürchte ich, es käme nicht viel raus, wenn ich anfinge, Inventur zu machen.

Ich sitze an meinem Schreibtisch, einem riesigen alten Eichenmöbel, das ich noch als Student für wenig Geld gekauft hatte von einer Firma, die neue Büromöbel anschaffte. An der Seite der Tischplatte ist ein kleines Metalltäfelchen angebracht mit dem Logo der Firma und einer eingeprägten Inventurnummer. Ich habe das Täfelchen nie entfernt, vielleicht weil mir der Gedanke gefiel, dass selbst dieser Tisch irgendwo verzeichnet war als Teil eines größeren Systems, einer Ordnung.

Ich bin mehrfach umgezogen mit diesem Schreibtisch, aber die Schubladen habe ich nie ausgeräumt und am neuen Ort einfach wieder mit ihrem ganzen Inhalt in das Möbel geschoben. Es müssen Dinge darin liegen, die ich vor zwanzig, vor dreißig Jahren, ohne viel nachzudenken, dort verstaut und nie wieder herausgenommen und angeschaut habe, Fossilien meiner Jugend. Wenn ich irgendwann sterbe, wird ein Räumungsunternehmen kommen, vielleicht flüchtig nach Geld oder Wertsachen suchen und dann alles abtransportieren zu einem Trödler oder in die Müllverbrennung. Und außer ein wenig Rauch und ein paar Kilokalorien Wärme für die Fernheizung wird nichts von meinem Leben übrig bleiben. Vermutlich werden auch meine Akten entsorgt werden, wer sollte sich dafür interessieren. Erstaunlicherweise macht mir der Gedanke nichts aus. Vielleicht wäre es sogar folgerichtig, wenn das Archiv mit mir verschwände, es ist meine Welt, mein Leben und genauso, wie es einmal begonnen wurde, muss es irgendwann enden. Man darf beim Aufbauen nie daran denken, dass alles wieder verschwindet.

Ich krame in den Schubladen, aber finde nichts von Interesse, eine Sammlung von Kunstpostkarten, ein Datumsstempel, Streichholzschachteln aus allen möglichen Ländern, alte Bankbelege, Gebrauchsanweisungen von Geräten, die ich längst nicht mehr besitze, Notizhefte, in denen immer nur die ersten paar

Seiten beschrieben sind. Selbst die billige Taschenuhr meines Großvaters ist kein Erinnerungsstück, nur ein Artefakt. Ich finde ein paar alte Agenden weit zurückliegender Jahre. Darin verzeichnet sind Friseur- und Arzttermine, Kinobesuche, manchmal stehen da Namen, von denen mir einige nichts mehr sagen oder nur vage Erinnerungen wachrufen. Vielleicht waren es Arbeitskollegen, Studienfreunde, Zufallsbegegnungen. Eine Woche im Engadin, zwei Wochen in Südfrankreich, das war nach der Trennung von meiner Pariser Freundin, ich war alleine unterwegs, mit dem Motorrad, aber schon nach wenigen Tagen langweilte es mich, die Sehenswürdigkeiten abzuklappern, und ich saß die meiste Zeit in Cafés oder in meinem Hotelzimmer und las.

Schon nach kurzer Zeit war meine Pariser Freundin aus dem Hotel ausgezogen. Sie hatte eine kleine Wohnung gefunden, im Gegensatz zu uns anderen hatte sie Geld und Ansprüche. Das Studio war nur ein paar hundert Meter von unserem Hotel entfernt, aber die Distanz hätte größer nicht sein können. Mit meinen Freunden führte ich ein unkompliziertes Leben, wir aßen und tranken, zogen durch die Stadt und redeten von Dingen, die wir vorhatten, und Dingen, die wir uns erträumten, als gäbe es keine Gegenwart, die irgendetwas zu tun hatte mit dem Rest unseres Lebens. War ich mit meiner Freundin zusammen, war alles viel konkreter. Sie hatte eine Geschichte, in der ich eine Rolle spielte, auch wenn mir noch nicht klar war, welche Rolle das sein sollte und ob ich sie spielen wollte, ob ich sie ausfüllen konnte. Wir spielten das Leben eines jungen Paares mit großen Erwartungen. Ich brachte ihr Blumen, sie kochte für mich, zündete Kerzen an. Sie verschwand im Bad und kam im Nachthemd zurück. Bevor wir uns liebten, putzte ich mir die Zähne. Am Morgen holte ich Croissants nicht in der Bäckerei unten in der Straße, sondern in einer anderen zwei Straßen weiter, die meine Freundin besser fand. Ich hatte mich nie zuvor darum gekümmert, dass es bessere und schlechtere Bäckereien gab, aber sie dachte über solche Dinge nach, sie waren ihr wichtig.

Ihre Wohnung war möbliert, trotzdem kaufte sie dauernd Dinge, eine schönere Tagesdecke für das Bett, eine Blumenvase, einen Rahmen für das Kandinsky-Poster, das sie im Centre Pompidou gekauft hatte. Sie schenkte mir einen Pullover mit geometrischem Muster, den ich nie anzog. Warum haben mir alle meine Freundinnen immer Pullover geschenkt, mein Leben lang? Hatten sie Angst, ich könne erfrieren?

Ich habe dir nie einen Pullover geschenkt, sagt Franziska. Du warst auch nicht meine Freundin. Habe ich dir überhaupt jemals etwas geschenkt? Ich habe nichts von dir erwartet, ich wollte ohnehin so wenig wie möglich besitzen. Dinge, dachte ich damals, beschweren einen nur. Jetzt gehört mir ein ganzes Haus voller Gegenstände und voller Papiere, und ich fühle mich trotzdem nicht sicher.

Meine Pariser Freundin schenkte mir dauernd irgendwelchen Krimskrams, einen herzförmigen Radiergummi, Stifte, ein winziges Notizbuch, in das ich nie ein Wort schrieb. Sie führte ein geordnetes, bürgerliches Leben und versuchte, mich darin einzubauen. Aber ich war ihr nicht immer willkommen. Wir trafen uns zwei-, höchstens dreimal die Woche zu diesen seltsamen Proben des Erwachsenendaseins, an den anderen Tagen hatte sie keine Zeit oder keine Lust, mich zu sehen, und das war mir auch recht. Unser Leben zu zweit fühlte sich jetzt schon eng an und nicht ganz richtig, ohne dass ich hätte sagen können, was falsch daran war. Vielleicht, das wäre die einfachste Erklärung, war ich einfach noch nicht bereit für eine feste Beziehung oder nicht verliebt genug.

Das Wintersemester dauerte bis Anfang Februar. Ich nahm das Studium nun doch etwas ernster, vielleicht hatte ich die ewigen Kneipentouren auch einfach satt, oder es lag an der Jahreszeit, dass ich öfter in meinem Zimmer saß, um mich auf die Semesterprüfungen vorzubereiten. Dann kamen die Prüfungen, und eine Woche später stand ich eines Morgens vor den gläsernen Kästen, in denen die Resultate angeschlagen wurden, und suchte auf den endlosen Listen nach meinem Namen. In diesem Moment wusste ich, dass etwas zu Ende gegangen war, ohne dass ich es recht gemerkt hatte, was mich zugleich melancholisch stimmte und mir ein Gefühl großer Freiheit gab. Ein paar Tage lang traf ich niemanden, ging nur durch die Stadt, und es kam mir vor, als sehe ich alles zum ersten Mal.

Ich hätte in Paris bei meiner Freundin bleiben können, bis das Studium in der Schweiz weitergehen würde, aber aus irgendeinem Grund tat ich das nicht. Ihr Sprachkurs dauerte noch zwei oder drei Monate, dann würde auch sie zurückkommen. Ich weiß nicht mehr weshalb, aber ich kann mich erinnern, dass ich ihr einen Brief schrieb, den ich eines Morgens unter ihrer Wohnungstür hindurchschob, und dass sie am Abend im Hotel auftauchte und weinte und dass wir uns wieder versöhnten. Ein Drama damals und heute nur noch der Schatten einer Erinnerung. Dann kam der Tag der Abreise. Sie begleitete mich zum Bahnhof, es war früh am Morgen, und es war kalt und regnerisch, wie oft in diesem Winter. Ich glaube, sie genoss den emotionalen Abschied. Sie hatte wieder ein Geschenk für mich gekauft, ich weiß nicht mehr, was es war, und küsste mich lange auf dem Bahnsteig, es musste aussehen wie eine Szene aus einem Film. Als der Zug losfuhr, winkte sie mir, bis ich sie nicht mehr sehen konnte. In Paris bin ich seither nie wieder gewesen.

Ich habe mir manchmal vorgestellt, was meine Freundin nach meiner Abfahrt tat, dass sie ein Croissant kaufte in der guten Bäckerei, sich Kaffee kochte und sich vielleicht noch einmal ins Bett legte, eine Freundin anrief und sich mit ihr für später verabredete in einem Café oder einem der Kaufhäuser, in die sie so gerne ging. Wenn ich ehrlich bin, hatte ich keine Ahnung, was für ein Leben sie führte, wenn ich nicht bei ihr war, aber wenn ich mir ihr Leben ohne mich vorstellte, hatte ich nicht das Gefühl, darin fehlte etwas.

Irgendwo müssen die Briefe noch sein, die sie mir damals schrieb, weggeworfen habe ich sie bestimmt nicht. Und tatsächlich, nach einigem Suchen finde ich sie in einem Karton mit der Aufschrift Alte Briefe, ein Sammelsurium von Karten und Umschlägen, Weihnachtskärtchen, die ich aus unerfindlichen Gründen aufbewahrte, Postkarten von Leuten, von denen ich keine Ahnung mehr habe, welche Rolle sie in meinem Leben spielten, Briefen von meiner Mutter, die sie mir nach Paris schickte, einen einzigen von meinem Vater. Ein Bündel Briefe steckt in einem Umschlag, der mit dem Namen meiner Pariser Freundin beschriftet ist. Ich ziehe sie heraus, erkenne die Schrift sofort, eine runde, flüchtige Schülerinnenschrift.

Manche Mitteilungen muss sie mir noch in Paris geschrieben haben, die Umschläge tragen nur meinen Namen und sind nicht frankiert, die anderen schrieb sie mir nach meiner Rückkehr in die Schweiz, lange Aufzählungen von Dingen, die sie unternommen, und von Leuten, die sie getroffen hatte. Am Ende jedes Briefes versicherte sie mir, wie gern sie mich hatte und wie sehr ich ihr fehlte. In einer schnell hingeworfenen Notiz auf einem losen Blatt schreibt sie von einem Streit und fragt, ob ich sie absichtlich fertigmachte und warum ich so grausam sei, sie verstehe mich nicht.

Dann sind da andere Blätter, keines datiert, auf denen sie von schönen Stunden schreibt und dass sie mich vermisse, obwohl wir uns erst vor zwei Tagen gesehen hätten. Ich erinnere mich an ein langes Hin und Her zwischen uns, ein Auf und Ab, aber das alles scheint mir im Rückblick so belanglos wie diese Briefe. Dinge, die mir geschahen, Menschen, die ich traf, nichts davon hat irgendetwas mit mir zu tun, nichts davon erklärt, wer ich damals gewesen und wer ich geworden bin.

So unglücklich die Beziehung mit meiner Pariser Freundin gewesen war, so sehr litt ich nach unserer endgültigen Trennung einige Monate nach ihrer Rückkehr in die Schweiz. Wir hatten uns noch ein paarmal in Basel getroffen, sie stellte mich sogar ihren Eltern vor, eine seltsame Geste, wenn man bedenkt, dass unsere Trennung sich da schon abzeichnete. Ihre Mutter war freundlich zu mir, aber ihr Vater ließ mich spüren, wie wenig er von mir und meinem Verhältnis zu seiner Tochter hielt. Nach den Sommerferien fing meine Freundin die Hotelfachschule in Lausanne an, jetzt waren wir noch weiter voneinander entfernt. Die Briefe wurden spärlicher, die Küsse und die Liebesbeteuerungen beiläufiger. Unter den Briefen, die sie mir schrieb, ist ein einziger von mir, den ich nie abschickte, was vermutlich besser war. Viel zur Klärung der Lage hätte er nicht beigetragen. Aber als ich ihn jetzt lese, beginne ich, an meinen Erinnerungen zu zweifeln und bin mir nicht mehr sicher, ob meine Freundin mich und nicht ich sie verlassen habe. Ich weiß noch, wie ich sie unterwegs nach Südfrankreich in Lausanne besuchte. Eigentlich hatten wir zusammen in den Süden fahren wollen, aber ganz kurzfristig sagte sie ab, sie hätte Prüfungen nach den Ferien und müsse lernen. Wir spazierten durch die Stadt, auch diese Erinnerungen sind unvollständig. Ich weiß noch, wie sie hinter mir auf dem Motorrad saß, wie wir die Métro nahmen und in einem Restaurant unten am See zu Abend aßen, aber ich kann mich nicht erinnern, wo ich übernachtete, ob ich bei ihr im Zimmer schlief oder in einem Hotel. Hatten wir uns gestritten oder ein letztes Mal geliebt? Ich sehe mich im

See schwimmen, aber sie ist nicht bei mir. Der See macht mir Angst mit seiner Größe und den dunklen Tiefen, die ich unter mir erahne. Ich traue mich kaum vom Ufer weg, schwimme parallel dazu hin und her, liege später auf einer Wiese in einer parkähnlichen Umgebung. Vielleicht bin ich noch am selben Tag weitergefahren?

Der letzte Brief von meiner Freundin kam Monate später. Er begann ganz harmlos wie die früheren mit Dingen, die sie unternommen hatte und Klagen darüber, wie anstrengend der Unterricht sei. Dann kamen plötzlich inständige Bitten, ich solle sie endlich in Ruhe lassen. Es habe keinen Sinn, schrieb sie, ihr immer und immer wieder zu schreiben, wenn ich doch nicht wüsste, was ich wollte. Leb wohl, endet der Brief. Ich habe nie wieder von ihr gehört.

Ich brauche den ganzen Sonntag und den Montag, um die Briefe in der Schachtel einigermaßen zu sortieren, aber am Schluss bleibt doch ein beträchtlicher Stapel zurück, der in keine Korrespondenz gehört, Briefe von Leuten, die mir nur ein- oder zweimal schrieben, Postkarten mit unleserlichen Unterschriften, Heirats- und Geburtsanzeigen, die ich aus Pietät oder Nachlässigkeit nicht weggeworfen habe, auch die eine oder andere Todesanzeige. Die Briefe der Freunde und Freundinnen, mit denen ich eine längere Korrespondenz führte, lege ich nach Datum sortiert in Aktenmappen ab, die ich mit ihren Namen beschrifte, aber es ist eine oberflächliche Ordnung, die nicht genügt und mich nicht befriedigt. Im Grunde war das wilde Durcheinander davor das angemessenere Ordnungssystem.

Ich habe auch für Franziskas Briefe eine Mappe angelegt, aber viel ist nicht darin. Erst hatten wir uns so oft gesehen, dass Briefe überflüssig waren, als sie dann immer erfolgreicher wurde, verloren wir den Kontakt. Nur dazwischen gab es eine kurze Zeit, in der wir uns ziemlich regelmäßig schrieben. Ich war wieder an der Universität, um mein Studium abzuschließen, Franziska war an eine Klinik in Graubünden gewechselt, um dort eine Weiterbildung zur Psychiatriepflegerin zu absolvieren. Die Briefe aus jener Zeit sind mir die liebsten, weil Franziska zum ersten Mal über ihre Gefühle schrieb und meine Hilfe und meinen Rat erbat. Sie fühlte sich nicht wohl in den Bergen, die Landschaft bedrückte sie und auch die Schicksale der Psychiatriepatienten. Sie finde im Team keinen Anschluss, schrieb sie, und fühle sich einsam. Sie hatte immer noch dann und wann Auftritte in Schulen oder Clubs, aber nichts deutete darauf hin, dass sie jemals von ihrer Musik würde leben können. Komm mich doch mal besuchen, schrieb sie, wir können eine Wanderung machen oder ins Thermalbad gehen.

Ich litt immer noch unter der Trennung von meiner Pariser Freundin, ich weiß nicht, ob ich Franziska darüber schrieb, aber ich denke nicht. Vermutlich habe ich ihr überhaupt nichts von dieser Beziehung erzählt, die ganze Geschichte kam mir vor wie ein Betrug an ihr, obwohl wir ja gar nie zusammen waren.

Das mag der Grund gewesen sein, weshalb ich meinen Besuch immer wieder hinausschob, Ausflüchte fand, bevorstehende Prüfungen, eine größere Arbeit, die ich fertig schreiben musste, ich weiß nicht was. Als ich früh im Sommer endlich zu ihr in die Berge fuhr, war sie schon mehr als ein Jahr dort oben.

Ich habe nicht viele Erinnerungen an diesen Tag, den ich mit Franziska verbrachte. Ich sehe uns eine Schlucht hochwandern, an deren Ende ein Wasserfall ist. Wir machen ein Picknick auf einer Wiese neben einer Gruppe von Tannen. Die Sonne scheint sehr hell, die Schatten sind fast schwarz. An eine karierte Decke erinnere ich mich, an Waldameisen, die plötzlich überall sind. Das Wasser des Baches ist eiskalt, zwischen den Stellen, an denen er schnell fließt, gibt es immer wieder kleine glasklare Becken. Haben wir in einem dieser Becken gebadet, oder habe ich es mir nur gewünscht? Hatten wir Badesachen dabei? Ich sehe Franziska in einem Bikini im Schatten liegen auf der karierten Decke, sie hält die Augen geschlossen. Ich sitze neben ihr, strecke eine Hand aus, um sie zu berühren, ziehe die Hand zurück. Sie öffnet die Augen, schaut mich an. Wir reden, aber ich kann nicht verstehen, was wir sagen, unsere Worte gehen unter im Rauschen des Bachs, das über den ganzen Erinnerungen an diesen Tag liegt, ein helles, lebendiges Rauschen, das nie aufhört, nie leiser wird. Ich betrachte Franziska, versuche, ihre Blicke zu deuten, ihr Lächeln, ihre Bewegungen. Bin ich deine Jugendliebe, von der du nicht einmal den Namen verrätst? Liebst du mich doch? Darf ich dich noch einmal küssen? Wartest du darauf, dass ich es tue?

Du hast mich nichts davon gefragt, sagt Franziska. Du hast mir von deinem Jahr in Paris erzählt, von deinem Studium, deinen Zukunftsplänen. Ich war einsam in den Bergen und hatte mich so auf diesen Tag gefreut, aber ich hatte den Eindruck, es sei kein Platz für mich in deinem Leben, in deinen Plänen. Und dann hast du mich einfach so stehen lassen.

Wir haben den Postbus genommen, sind am Bahnhof in Chur ausgestiegen, es ist dunkel. Der letzte Zug, mit dem ich es noch zurück in die Stadt schaffen würde, fährt in wenigen Minuten. Du kannst auch bei mir übernachten, sagt Franziska. Hat sie das wirklich gesagt? Aber ich muss morgen um acht zu einem Seminar. Du bist ja ein ganz Gewissenhafter, sagt sie und lächelt ironisch. Nicht gewissenhaft, sage ich, aber wir sind nur zu siebt, es würde auffallen, wenn ich fehle. Ich habe noch nie gefehlt. Was rede ich für einen Unsinn, dabei denke ich die ganze Zeit nur daran, wie ich es drehen kann, um doch noch hier zu bleiben, um bei Franziska zu übernachten, ohne den Eindruck zu erwecken, ich wollte mehr. Aber ich will ja mehr. Und während ich noch um Worte ringe, sagt sie, dann komm gut heim, dreht sich um und geht. Der Schaffner pfeift und ruft, einsteigen, und ich laufe zum Zug, steige ein und fahre durch die Nacht zurück ins Unterland.

Mir ist nie aufgefallen, wie viele Kirchglocken ich von meinem Garten aus hören kann, vielleicht wird ihr Klang sonst vom Lärm der Stadt verschluckt, vom stetigen leisen Summen der Autobahn, der Straßen, der Industrie, der Baustellen, das jetzt fast verstummt ist. Die Glocken läuten den Mittag ein. Sangen wir nicht im Kindergarten ein Lied über die Elfuhrglocke? Die Elfuhrglocke läutet schon, wir müssen wieder heimgehen. Oder wir dürfen wieder heimgehen? Die Mittagsdämonen, irgendwo habe ich das Wort einmal aufgeschnappt, ich weiß nicht mehr in welchem Zusammenhang, aber es hat mir sofort eingeleuchtet. Nicht die Nacht, der Mittag ist die Zeit der Dämonen. Dann scheint es, als stehe die Sonne still im Zenit, eine kurze Ewigkeit lang, in der alles geschehen kann. Selbst den Vögeln scheint diese Zeit nicht geheuer zu sein, sie sind verstummt und werden erst am Nachmittag wieder aus ihren Verstecken kommen.

Es hat immer noch nicht geregnet, die Erde ist ausgetrocknet, auf dem Rasen sind erste braune Flecken zu sehen und Risse im Erdreich. Ich sollte den Rasen wässern, aber in dieser Stunde kann ich mich zu nichts aufraffen, nicht einmal dazu, ins Haus zu gehen und etwas zu essen. Ich sitze im Schatten des alten Apfelbaums, ganz still, als könnten die Dämonen von mir Besitz ergreifen, als könne jede Bewegung mich verraten.

Ich besuchte Franziska noch einmal in den Bergen. Es lag schon Schnee, und sie hatte gesagt, sie wolle Ski fahren. Ich war froh, als das Wetter am verabredeten Tag so schlecht war, dass ich die Skisachen zu Hause lassen konnte. Aber Franziska wartete am Bahnhof in voller Montur auf mich. Wir hätten doch trotzdem fahren können, meinte sie enttäuscht, heute sind bestimmt nicht viele Leute auf den Pisten, da hätten wir freie Bahn. Wir entschlossen uns, ihre Ausrüstung zurück ins Personalhaus zu bringen, in dem sie ein Studio bewohnte. Dann kannst du wenigstens meine Ski tragen, sagte sie, wenn ich sie schon extra hierhergeschleppt habe.

Im Zimmer war es viel zu warm. Die Möblierung war sachlich und schlicht, ein Bett, ein kleines Schreibpult mit passendem Stuhl, ein Sessel am Fenster, eine kleine Kochnische. Es sah fast aus wie mein Zimmer. Franziska schälte sich aus ihrem Skioverall, darunter trug sie beigefarbene Thermounterwäsche. Sexy, nicht wahr?, sagte sie. Ich ziehe mir nur schnell etwas anderes an. Oder willst du hierbleiben?

Wir blieben den ganzen Tag in Franziskas Studio, redeten, tranken Tee, hörten Musik. Franziska saß auf dem Bett, ich auf dem Sessel, wir saßen beide auf dem Bett, lagen nebeneinander da, sie auf dem Rücken, ich auf der Seite. Franziska saß umgekehrt auf dem Stuhl, ihre Arme ruhten auf der Lehne, ich stand am Fenster. Sie trat neben mich, sie trug immer noch die Thermounterwäsche, hatte nur die Ärmel des Oberteils zurückgeschoben. Ihre Wangen waren gerötet von der Wärme. Ich ließ meine Hand über ihren Rücken gleiten. Du hast ein so weiches Fell wie ein Kaninchen. Die wollen, dass ich Deutsch singe, sagte sie, vielleicht sogar eigene Texte schreibe. Sie sagen, sie könnten mich groß rausbringen, aber nicht mit den französischen Chansons, die interessieren im Moment keinen. Kannst du Texte schreiben?

Wer sind die, fragte ich. Ein Produzent, den ich bei einem Workshop kennengelernt habe. Er meint auch, ich müsste mir einen anderen Namen zulegen. Fabienne, sagte ich, ohne lange nachzudenken, das ist ein guter Name für eine Sängerin. Sie lachte, aber es soll ja gerade nicht nach einer Französin klingen. Ich kann nicht Klavier spielen, sagte ich, ich kann keine Texte schreiben, und meine Ski habe ich auch nicht dabei. Ich bin zu nichts zu gebrauchen. Du bist mein Freund, sagte sie und strich mir über den Rücken wie vorher ich über ihren. Versprich mir, dass wir Freunde bleiben, egal was passiert.

Erst viel später fragte ich mich, was sie damit gemeint hatte. Egal was passiert. Ich habe darauf gewartet, dass du mich küsst, sagt Franziska, aber ich hatte Angst, dich als Freund zu verlieren. Du hättest mit mir geschlafen, und dann hättest du mich sitzen lassen, um deine Pläne zu verwirklichen. Und dich nicht mehr gemeldet aus schlechtem Gewissen. Du wolltest wieder ins Ausland gehen, eine Doktorarbeit schreiben, da war kein Platz für eine feste Beziehung. Das ist nicht wahr, sage ich. Du weißt genau, dass das nicht wahr ist. Warum hast du mich dann nicht geküsst?

Singst du etwas für mich?, fragte ich. Was willst du denn hören? Das eine, das du bei der Diplomfeier gesungen hast. Sie schien sofort zu wissen, welches Chanson ich meinte. Sie drehte sich von mir weg und begann, mit leiser Stimme zu singen. Dis, quand reviendras-tu? Ihre Stimme wurde kräftiger, und zum ersten Mal begriff ich, wie sehr ihre Bewegungen Teil der Musik waren, wie die Musik aus den Bewegungen entstand und von ihnen geformt wurde. Mitten im Lied brach Franziska ab, drehte sich wieder zu mir um und lächelte verlegen. Es ist seltsam, das für dich zu singen, sagte sie.

Sie stand am Fenster und begann, auf dem Sims

einen Rhythmus zu klopfen und dann zu singen, Liberté, ein Chanson, das ich nicht kannte. Es endete mit dem Ruf Liberté!, Liberté!, Liberté!

Kannst du nicht die Texte von Barbara ins Deutsche übertragen?, fragte ich. Das könntest du doch machen, sagte sie, dein Französisch ist viel besser als meines. Freiheit! Freiheit! Freiheit!, sagte ich, das ist einfach. Das andere ist komplizierter. Sag, wann kommst du zurück?, das geht noch, aber dann wird es schwierig mit dem Rhythmus. Weißt du wenigstens, dass all die Zeit, die vergeht, sich kaum einholen lässt, dass all die verlorene Zeit sich nicht einholen lässt?

Franziska lehnte am Sims und schaute mir schweigend in die Augen. Ich ging zum Waschbecken und holte mir ein Glas Wasser.

Ich habe den Text des Chansons im Internet gefunden. Ich frage mich, ob es Franziska damals einfach peinlich war, für mich zu singen, oder ob es die Worte waren, die sie verlegen machten. Was hilft es, dass ich dich immer noch liebe, was hilft es, dass ich dich immer liebe, was hilft es, dass ich nur dich liebe, wenn du nicht begreifst, dass du zurückkommen musst? Ich mache aus uns beiden meine schönsten Erinnerungen, dann werde ich weitergehen. Die Welt bezaubert mich, ich werde mich an einer anderen Sonne wärmen, ich gehöre nicht zu jenen, die sterben vor Gram. Ich besitze nicht die Tugend der Seemannsfrauen.

Aber wer hört schon auf Chansontexte? Wenn auf der Welt so viel geliebt und gelitten würde wie in den Schlagern, dann sähe sie anders aus. Was mich viel mehr beschäftigt, ist eine andere Frage. Mein Leben lang war ich überzeugt, Franziska liebe mich nicht, ich sei nie mehr für sie gewesen als ein guter Freund, eine Zeitlang vielleicht ihr bester Freund und gerade deshalb kein möglicher Geliebter. Jetzt sehe ich plötzlich überall Signale, die sie mir gab, Möglichkeiten, die sie schuf, Einladungen, auf sie zuzugehen, ihr meine Liebe zu erklären, sie zu küssen, zu lieben. War ich so blind gewesen, das damals nicht zu bemerken, oder war ich zu schüchtern, oder hatte ich insgeheim gar nicht mit ihr zusammenkommen wollen?

Siehst du, jetzt gibst du es zu. Ich gebe nichts zu, ich frage mich nur, ob es so war. Wie unser Leben verlaufen wäre, wenn ich dich beim Wasserfall geküsst, wenn ich dich in deinem Zimmer umarmt, wenn ich nicht den letzten Zug genommen hätte. Stell dir vor, ich wäre schwanger geworden in jener Nacht, sagt Franziska. Sie lacht, aber mir ist nicht nach Lachen zumute.

Ich erinnere mich an ein Gespräch mit einem meiner Arbeitskollegen, das ich vor vielen Jahren führte. Er hatte sich gerade von seinem Freund getrennt und gesagt, er habe genug von der Liebe, er wäre vermutlich glücklicher gewesen in seinem Leben, wenn er niemals zum Objekt einer großen Leidenschaft geworden wäre. Oder hatte er Opfer gesagt? Ich weiß noch, wie mich diese Bemerkung empörte. Mein Kollege war ganz überrascht, dass ausgerechnet ich eine Lanze für die große Liebe brach. Daran glaubst du auch eher in der Theorie als in der Praxis, nicht wahr?, fragte er. Ich war so aufgebracht, dass ich die Kaffeeküche wortlos verließ. Was hatte der schon für eine Ahnung.

Vielleicht hatte er ja recht gehabt. Vielleicht hatte ich Angst davor gehabt, Franziska wieder zu verlieren, wenn ich sie einmal gewonnen hätte. Meine unglückliche Liebe, meine Träume, meine Phantasien konnte mir niemand nehmen, nicht einmal sie.

Ich habe den Vorsatz endgültig aufgegeben, die Zeitungen und Zeitschriften der letzten Wochen aufzuarbeiten. Es ist ein Sakrileg. Es wird eine Lücke entstehen im Archiv, das ist noch nie passiert, seit ich es bei mir habe. Selbst wenn ich einmal ein paar Tage krank war und im Bett bleiben musste, arbeitete ich nachher alles auf, was ich nicht erledigt hatte. Aber es ist zu viel geworden, ich kann die Arbeit unmöglich aufholen, ich schaffe es ja noch nicht einmal mehr, die täglich eintreffenden Zeitungen zu verarbeiten. Schon sie aus dem Briefkasten zu holen macht mich übellaunig, das raue, trockene Papier zu berühren, den Geruch der Druckerschwärze einzuatmen. Danach muss ich mir die Hände waschen.

Seit Tagen spiele ich mit dem Gedanken, Kontakt zu Franziska aufzunehmen. Ich wüsste, wen ich anrufen müsste, um ihre Adresse zu bekommen, einen alten Kollegen aus der Redaktion, der oft über sie schrieb und sogar behauptete, mit ihr befreundet zu sein. Einmal bat ich ihn, sie von mir zu grüßen, aber ich bezweifle, dass er die Grüße jemals ausgerichtet hat.

Ich weiß nicht, wie ich auf die Idee gekommen bin, aber ich fange an, Seiten aus den Magazinen zu reißen und Flugzeuge zu falten, wie wir es als Kinder getan haben. Die ganzen Artikel über die aktuellen Geschehnisse fliegen davon, wichtige Erlasse der Regierung, Kommentare von Wissenschaftlern und Politikerinnen, aber auch Sportberichte, Kochrezepte, Reisetipps, Kritiken, Kolumnen, alle werden sie zu Flugzeugen, die davonschweben und in irgendeiner Ecke meines Büros im Staub liegen bleiben.

Im Internet finde ich Anleitungen für das Falten von Origamifiguren und falte Fische und Vögel, Schwäne, Kraniche und die Tiere des Landes, Pferde und Elefanten, Füchse und Hasen, ich falte tagelang, bis mir die Finger weh tun. Endlich wird das Papier lebendig, mein Pult ist schon voll damit, bald auch der Esstisch und die Bücherregale und der Boden, eine ganze Welt von winzigen Tieren. Ich kann den Raum kaum noch verlassen, ohne eine der fragilen Kreaturen zu zertreten.

Nach zwei Monaten ohne Regen hat das Wetter endlich umgeschlagen, und es ist kühler geworden, Wind ist aufgekommen, und es hat erst zaghaft, dann kräftiger geregnet. Als hätte der Wind auch mich in Bewegung versetzt, traue ich mich endlich, meinen Kollegen anzurufen. Er ist zu Hause. Er erzählt Geschichten aus der Redaktion, eine Entlassung, eine Liebesaffäre, Streitereien. Das alles interessiert mich nicht, aber ich muss ihm wohl oder übel zuhören, schließlich will ich etwas von ihm und bin auf seinen guten Willen angewiesen. Als ich ihn endlich um Franziskas Adresse bitten kann, ziert er sich. Dass die Prominenten ihm vertrauten, hätte eben damit zu tun, dass er ihr Vertrauen nie missbrauche. Franziska und ich sind alte Freunde, sage ich, wir sind zusammen zur Schule gegangen. Das heißt nichts, sagt er, manchmal sind es gerade die alten Freunde, von denen man in Ruhe gelassen werden will.

Vielleicht hat er sogar recht. Ich gefalle mir selbst nicht in der Rolle desjenigen, der aus der Vergangenheit auftaucht, nur weil er sich einbildet, Dinge abschließen zu müssen, die längst abgeschlossen sind. Was bringt es schon, alte Geschichten aufzuwärmen? Was hätten wir uns mehr zu sagen, als damals auf

Franziskas Postkarten stand: Mir geht es gut, wie geht es dir? Die Sonne scheint, ich habe viel zu tun. Aber ich habe nicht viel zu tun.

Schließlich gibt mir mein Kollege Franziskas E-Mail-Adresse und nimmt mir das Ehrenwort ab, ihn nicht zu verraten. Und wenn du etwas rauskriegst, ruf mich an, sagt er, man hat seit Ewigkeiten nichts von ihr gehört. Ich verspreche es und beende das Gespräch so schnell wie möglich.

Mein Kollege hat mir keine einzige Frage gestellt, nicht einmal, wie es mir gehe oder was ich mache. Vermutlich beginnt die Erinnerung an mich im Pressehaus schon zu verblassen, aber ich habe es ja nicht anders gewollt. Ich war für meine Kollegen nie mehr als eine der grauen Mäuse, die die Recherchen machten, zuverlässige Handlanger, deren Aufgabe irgendwann überflüssig wurde.

Ich blättere wieder durch Franziskas Akte, diesmal schaue ich mir nur die Bilder an, aber obwohl ich sie vor mir sehe, würde es mir schwerfallen, Franziska zu beschreiben. Ich sehe die Farbe ihrer Augen, ihres Haars, ich sehe ihre Frisur, ihren Mund, ihre Nase, ihre Stirn, aber das alles macht sie nicht aus, das ist es nicht, was ich liebte. Ich suche noch einmal im Karton mit den alten Fotos und finde ein paar aus unserer Jugendzeit. Franziska ist immer im Mittelpunkt, es sind Gruppenbilder oder Schnappschüsse von Schulausflügen und Partys. Auf einer Fotografie hat sie eine Gitarre in der Hand und scheint zu singen. Auf diesem Bild bin auch ich zu sehen, picklig und scheu, mit unsicherem Lächeln, den Blick auf den Boden gerichtet. Mir scheint nicht wohl zu sein in meiner Haut, vermutlich konnte ich mir gar nicht vorstellen, was Franziska an mir hätte finden können. Immerhin kommt sie mir auf diesen Erinnerungsfotos weniger fremd vor als auf den Bildern in den Magazinen. Es scheint, als habe sie sich für die Pressefotografen und für das Publikum ein paar Gesichtsausdrücke antrainiert, von denen keiner ihrem wahren Wesen entspricht oder irgendetwas von ihr preisgibt. Es ist immer dasselbe stereotype Lächeln im sorgfältig geschminkten Gesicht, das allen gehört.

Ich frage mich, was es mit einem macht, wenn man immer unter Beobachtung steht, sich verstellen muss, um nicht erkannt zu werden. Vielleicht zögere ich deshalb so lange, Franziska zu schreiben, aus Angst, es könnte nichts von ihr übrig geblieben sein.

Das letzte Mal traf ich Franziska bei der Premiere ihrer ersten CD im Volkshaus. Ich hatte eine Einladung bekommen, eine Karte mit vorgedrucktem Text, von ihr mit dickem Filzstift signiert. Wir freuen uns, Sie zur Taufe der ersten CD von Fabienne zu begrüßen, dem neuen Stern am Schweizer Schlagerhimmel. Wieder ein wir, von dem ich nicht wusste, wen es meinte. Nichts Persönliches stand auf meiner

Einladung, kein Gruß, kein, schön wenn du kommen würdest, nicht einmal ihr wirklicher Name. Ich stelle mir vor, wie sie an einem Tisch im Büro ihres Agenten oder Produzenten saß, vor sich einen Stapel Einladungskarten, die sie mit mechanischen Bewegungen eine nach der anderen unterschrieb, ohne zu schauen, an wen sie gerichtet waren.

Das Foyer war voller Leute, die Einzigen, die ich kannte, waren Franziskas Eltern, die ziemlich verloren in einer Ecke standen und denen ich auswich, so gut ich konnte. Ich kam mir selbst verloren genug vor mit meinem Plastikkelch Prosecco. Ich war froh, als wir alle in den Saal gebeten wurden und die Show begann.

Der Produzent begrüßte das Publikum und verlor ein paar Worte über Fabienne, sagte, er hätte, als er sie zum ersten Mal hörte, sofort ihr Potenzial erkannt. Dann kam Franziska selbst auf die Bühne, sie trug ein kurzes weißes, mit Spitze verziertes Kleid und war stark geschminkt, ich erkannte sie kaum wieder. Zwei Drittel der Songs, die sie vortrug, waren Liebeslieder, meistens ging es um Beziehungen, die zerbrochen waren, und darum, dass noch nicht alle Hoffnung verloren sei. Ein Tag ohne dich. Bist du immer noch allein? Lass es uns noch mal probieren. Du, nur du! Vermisst reimte sich auf geküsst, betrogen auf Regenbogen, ich halt es nicht mehr aus auf, ich komme jetzt nach Haus. Am Ende des Konzerts kam der Produzent wieder auf die Bühne, legte den Arm um Franziska und schrie ein paar Worte, die im Beifall untergingen. Dann küsste er sie, und die beiden verschwanden von der Bühne. Als der Applaus nicht aufhören wollte, kam Franziska noch einmal heraus und sagte, als Zugabe werde sie ein Chanson von Barbara singen, einer Künstlerin, die sie stark geprägt habe. Dann sang sie a cappella Litanies pour un retour, ein Stück, das ich schon früher von ihr gehört hatte. Nach den einfachen Schlagern von vorhin schien ein großer Teil des Publikums etwas überfordert zu sein, doch die Stimmung war so gut, dass man Franziska auch das verzieh.

Ich hatte gehofft, mit Franziska reden zu können, aber sie wurde von allen möglichen Leuten belagert, die etwas von ihr wollten. Als ich sie endlich erwischte und ihr zur CD gratulierte und gerade fragen wollte, ob wir wieder mal etwas miteinander trinken oder unternehmen sollten, kam ihr Produzent und zog sie von mir weg und sagte, er werde ihr den wichtigsten Musikkritiker des Landes vorstellen. Den letzten Blick, den Franziska mir zuwarf, konnte ich nicht deuten, er wirkte halb ängstlich, halb resigniert. Einen Moment lang fragte ich mich, ob sie Drogen genommen hatte, aber dann verwarf ich den Gedanken, bestimmt war es nur die Aufregung, die ihre Pupillen so groß erscheinen ließ. Ich habe nie Drogen genommen, sagt Franziska, das konnte ich mir gar nicht leisten, stell dir vor. Sonst hätte ich das alles nicht geschafft. Alkohol, klar, manchmal auch zu viel. Das hast du ja selbst miterlebt, wenn wir zusammen bei Konzerten waren. Ich hebe meine Kaffeetasse und stoße ins Leere an. Auf dich, meine unsichtbare Begleiterin.

Der Kuss des Produzenten und die Art, wie er Franziska um die Schulter gefasst hatte, hatten mich misstrauisch gemacht. Kurz darauf las ich in einer Illustrierten, er sei ihr Freund. Ja, er ist mein neuer Freund, verriet sie der Reporterin, aber mehr sage ich nicht dazu. Mein neuer Freund.

Der Produzent war fünfzehn Jahre älter als Franziska, und er sah noch einmal zehn Jahre älter aus. Ich konnte nicht verstehen, was sie an ihm fand, was sie an ihm liebte. Die Vorstellung, dass sie mit ihm schlief, machte mich krank und ekelte mich an. Aber der Mann schien ein guter Promotor zu sein, innerhalb kürzester Zeit las man überall von Fabienne, von ihrer schönen Stimme, ihrer zierlichen Figur, ihrem fröhlichen Wesen. Schlagerschätzchen wurde sie genannt, Goldkehlchen, bald auch Schlagerprinzessin. Im Herbst schloss ich mein Studium ab. Das ist neunundzwanzig Jahre her.

Liebe Franziska,

ich weiß nicht, ob du dich an mich erinnerst. Wir sind vor langer Zeit zusammen zur Schule gegangen und waren befreundet, vielleicht mehr als das. Ich habe deine Karriere all die Jahre verfolgt, als Dokumentarist war ich an der Quelle und habe unzählige Artikel über dich registriert und gesammelt. Vor fünf Jahren habe ich meine Stelle verloren, aber ich führe das Archiv als privates Projekt weiter. In den letzten Tagen musste ich viel an dich denken, ich weiß selbst nicht, weshalb …

Natürlich erinnert sie sich an mich, seine Jugendfreunde vergisst man nicht. Aber was wird sie für einen Eindruck von mir haben, wenn ich ihr von meinem Archiv schreibe? Sie wird denken, ich sei ein Versager, der seinen Job verloren hat und es nicht mehr schafft, Fuß zu fassen. Oder noch schlimmer, ich sei ein Verrückter, der sie verfolgt und alles über sie sammelt. Vielleicht bin ich das ja. Mein ganzes Leben kommt mir plötzlich elend vor, es scheint mir, als hätte ich gar nie wirklich gelebt, als hätte ich immer nur anderen beim Leben zugeschaut und darauf gewartet, dass etwas geschieht. Und nichts geschah.

Ich lösche das Geschriebene und gehe hinaus in den Garten. Es regnet immer noch ein wenig. In der Dämmerung ist ein leises Knistern zu hören, als sauge der Boden das Wasser auf, dehne sich aus, atme ein. In der Nähe fallen Tropfen in unterschiedlichen Rhythmen, die sich überlagern und immer wieder neue Muster bilden. Dann heult ein Motor auf, jemand beschleunigt seinen Wagen, das habe ich ein paarmal gehört in den letzten Wochen, es klingt wie ein Wutausbruch oder ein Ausbruch wilder Freude und Lebenslust.

Ich muss Franziska heute noch schreiben, morgen werde ich nicht mehr die Kraft dazu haben. Es ist meine letzte Chance, ich weiß nicht, woher diese Gewissheit kommt. Aber ich kann mich nicht aufraffen.

Ich sitze im Garten, es wird dunkel, der Regen hört auf, fängt wieder an, ganz sacht, und hört von neuem auf. Ich stelle mir vor, wie ich einfach hier sitzen bleibe, unbeweglich, nichts mehr esse und trinke, nicht einmal mehr warte. Ich werde still wie eine Pflanze, der Regen benetzt mich, die Sonne trocknet mich, die Sonnenstrahlen nähren mich. An meinen Fingern bilden sich Triebe, meine Zehen verkrallen sich in den Boden, bilden Wurzeln aus, ich sitze in meinem Schatten, die Zeit vergeht.

Es müssen die Kirchglocken sein, die mich geweckt haben. Ich schaue auf meine Armbanduhr, es ist kurz nach Mitternacht. Obwohl es nicht kalt ist, friere ich, ich zittere am ganzen Körper.

Liebe Franziska,

wir haben seit Ewigkeiten nichts voneinander gehört. Es wäre schön, dich wieder einmal zu sehen und über alte Zeiten zu reden.

Herzlich

Ohne noch einmal nachzudenken, schicke ich die Mail ab und gehe ins Bett.

Jetzt, wo ich nicht mehr am Archiv arbeite und keine Zeitungen mehr lese, werden mir die Tage unendlich lang. Meine Spaziergänge sind zunehmend ausgedehnter geworden, inzwischen sind es richtige Wanderungen, nicht nur durch die Stadt, auch über die Hügel, die sie umgeben. Am meisten erstaunt mich, wie viele Orte ich nicht kenne, obwohl ich fast mein ganzes Leben hier verbracht habe. Ich bin immer dieselben Wege gegangen, ohne links und rechts zu schauen. Ich frage mich, wie viele Straßen und Gassen es in meiner Stadt gibt, die ich noch nie genommen habe.

Eine Zeitlang wähle ich mir ein Viertel aus und gehe seine Straßen systematisch ab wie ein Bote, der alle erreichen will, aber das langweilt mich bald, und ich setze meine ziellosen Spaziergänge fort und lasse mich wieder vom Zufall lenken.

Zu Hause muss ich mich zwingen, nicht alle halbe Stunde meine E-Mails zu checken, um zu schauen, ob Franziska sich schon gemeldet hat. Ich nehme ein Buch aus dem Regal, das ich schon lange lesen wollte, aber ich kann mich nicht konzentrieren und stelle es bald zurück. Ich höre eine alte Schallplatte von Barbara, die Franziska mir einmal zum Geburtstag geschenkt hat. Einige Lieder hatte ich auswendig gekonnt und, wenn ich allein war, mit Inbrunst mitgesungen, Göttingen, Dis, quand reviendras-tu, La Solitude. Als ich jetzt mitsinge, klingt meine Stimme brüchig, und ich habe die Hälfte der Texte vergessen.

Die großen Gefühle, das Flehen, die Liebesschwüre kommen mir falsch vor, vielleicht sind sie es immer gewesen. Die Worte, die Melodien waren von anderen geschrieben, und wenn ich sie mitsang, war ich nicht sicher, ob sie meine Gefühle ausdrückten oder diese Gefühle erst erzeugten, wie Krankheitserreger, die in den Körper eindringen und ihn schwächen und krank machen.

Seit ich mich erinnern kann, habe ich an meinen Gefühlen gezweifelt und habe selbst bei den größten Gefühlswallungen immer auch ein wenig neben mir gestanden und mich beobachtet. Ich kann mich erinnern, wie ich als Kind toben konnte und zugleich fasziniert beobachtete, welche Wirkung mein Wutausbruch auf meine Umgebung hatte. Vielleicht war ich deshalb so überwältigt gewesen von meinen Gefühlen für Franziska, die aus dem Körper zu kommen schienen, nicht aus dem Kopf. Weil ich sie nicht verstand und noch nicht einmal wirklich benennen oder einordnen konnte. Das mag der Grund gewesen sein, weshalb ich alles tat, um nicht zum Opfer dieser Gefühle zu werden.

Es regnet den ganzen Tag. Ich habe die Glastür in den Garten geöffnet, sitze da und spüre die kühle Luft, die hereindringt und mich berührt. Der Regen flüstert leise, und in diesem Flüstern sind wie Kleinode klar konturierte und gefasste Geräusche zu hören, das Quietschen einer Fahrradbremse, das Lachen eines Kindes, das Krächzen und Schnattern von Vögeln.

Dass Franziskas Produzent ihrer so wenig würdig war, empfand ich irgendwann als seltsamen Trost. In meiner Vorstellung war es eine reine Arbeitsbeziehung. Er wohnte in Deutschland, sie in der Schweiz, und beide waren dauernd unterwegs. Fast eifersüchtiger als auf ihren Lebenspartner war ich auf die Musiker, mit denen sie auftrat, auf die Sänger, mit denen sie Duette sang oder bei gesellschaftlichen Anlässen fotografiert wurde. Sie schauten sich verliebt in die Augen und schwuren sich singend ewige Treue.

Dann war da plötzlich der Fußballer, ihr neuer Freund. Ich fragte mich, wie es dazu gekommen war, was Franziska dazu bewogen haben könnte, sich von ihrem Produzenten abzuwenden. Dass sie auch später immer wieder Männer verlassen hatte, war wie ein Versprechen, sie könnte es auch für mich tun, irgendwann, wenn ich den Mut hätte, ihr meine Liebe zu gestehen. Und sei es nur in meiner Phantasie.

Franziska und der Fußballer waren sich bei irgendeinem Event begegnet, einer Gala oder einem Ball, einer Benefizveranstaltung, ich weiß es nicht mehr. Ich blättere wieder in ihrer Akte, finde ein Interview, das die beiden gegeben hatten. Da waren sie schon eine Weile ein Paar und waren eben zusammengezogen. Franziska sagte, der Fußballer habe ihr nach der ersten Begegnung Liebesbriefe geschrieben. Ob er denn so poetisch veranlagt sei, fragte der Journalist, und der Fußballer sagte, die Liebe habe ihm Flügel verliehen. Wenn seine Liebesbriefe genauso klangen, konnte ich mich nur wundern, dass Franziska auf ihn hereingefallen war. Sie sagte, er sei genau der Mann, den sie immer gesucht habe, großzügig und aufrichtig und offen. Der Altersunterschied störe sie nicht, nein, im Gegenteil. Der Journalist fragte, ob sie an Liebe auf den ersten Blick glaube. Nein, sagte sie, bei mir nicht. Aber ich glaube an Liebe auf den ersten Blick, sage ich und erschrecke ob meiner eigenen Stimme. Ich habe mich sofort in dich verliebt. Warum hast du dann so schnell aufgegeben?, fragt sie. Warum hast du mir nicht immer wieder gesagt, dass du mich liebst? Warum hast du mich nicht erobert?

Aber glauben Sie an die große Liebe, von der die meisten ihrer Lieder handeln?, fragte der Journalist. Die empfinde ich, sagte sie. Dann ging es ums Kinderkriegen, und den Antworten der beiden war anzumerken, wie unangenehm ihnen die Frage war. Schließlich waren sie eben erst zusammengezogen, sagten sie, und beide eingespannt in ihren Berufen. Und der Fußballer hatte schon zwei Kinder aus erster Ehe, um die er sich kümmern musste und mit denen Franziska sich bestens verstand, wie sie versicherte. Der Journalist ließ nicht locker, bis Franziska sagte, sie möchte wohl irgendwann eigene Kinder, aber sie wolle nichts überstürzen. Schließlich sei sie noch keine fünfunddreißig.

Dann wurde sie vierzig, dann fünfzig und jetzt ist sie fünfundfünfzig wie ich. Sie hat nie Kinder bekommen, nicht mit dem Fußballer, mit dem sie acht oder neun Jahre zusammen war, und nicht mit dem Sänger, ihrem nächsten Freund, und schon gar nicht mit mir. Waren es doch die falschen Männer, mit denen sie sich eingelassen hatte?

Und du, fragt sie, hast du nie Kinder gewollt? Ich weiß es nicht, sage ich. Ich weiß es wirklich nicht. Wenn wir zusammengekommen wären, wenn du nicht gesungen hättest, wir hätten ein anderes Leben geführt. Als du mit dem Fußballer gingst, hatte ich eine Freundin, eine Arbeitskollegin. Sie wurde schwanger von mir, aber sie sagte es mir nicht und trieb das Kind ab. Erst lange nachdem sie es getan hatte, gestand sie es mir. Und wie hast du reagiert? Ich war überrascht. Und dann war ich erstaunt, wie wenig es mir ausmachte.

Wir waren ungefähr zur selben Zeit zusammengekommen wie Franziska und ihr Fußballer. Hatte es vielleicht einen Zusammenhang gegeben? Ich war dreißig, arbeitete schon vier oder fünf Jahre im Archiv, als die neue Kollegin eingestellt wurde. Sie war ein wenig älter als ich, Germanistin, hatte vorher als Assistentin an der Universität gearbeitet, bis sie genug hatte vom akademischen Leben, von den Intrigen und vom Konkurrenzkampf. Ich hatte die Aufgabe, sie in die Arbeit einzuführen. Es war Sommer, und die Stadt kam mir vor wie eine Wildnis. Die flirrende Luft über dem heißen Asphalt, der Himmel, der dunstig war vor Hitze, die Stille in den Mittagsstunden, die wenigen Menschen, die sich im Schatten der Gebäude entlangdrückten wie scheue Tiere, alles wirkte, wie ich mir die Steppe vorstellte, und es hätte mich nicht gewundert, wenn plötzlich eine Herde Gazellen die Allee entlanggaloppiert gekommen wäre. Erst sah man nur eine Staubwolke in der Ferne, dann Köpfe, Beine, Körper, die näher kamen. Der Lärm wurde lauter, die Energie der Bewegung lag in der Luft. Dann zog die Herde vorbei, das Getrappel ihrer Hufe erfüllte alles und verschwand im Dunst. Und der Staub setzte sich, und alles war wieder ganz ruhig, ganz still wie zuvor.

Die Luft im Archiv war stickig und sehr warm, obwohl wir die Rollläden den ganzen Tag geschlossen hielten. Unser Chef hatte uns einen Auftrag erteilt, irgendetwas neu zu ordnen oder auszusortieren, die Zahl und der Umfang der Akten waren inzwischen so groß, dass wir uns tagein tagaus nur mit ihrer Verwaltung und Bereinigung hätten beschäftigen können, selbst wenn keine Rechercheaufträge und keine neuen Berichte hereingekommen wären.

Wochenlang saßen meine Kollegin und ich uns an einem der großen Tische gegenüber und gingen die Papiere durch. Manchmal, wenn ich ihr etwas erklären musste, setzte ich mich neben sie. Sie trug ein weißes, ärmelloses Oberteil, und ihr nackter Arm berührte fast meinen Arm, und ich sah einen kleinen dunklen Fleck unter ihrer Achsel und roch ihr Deo und einen Hauch von Schweiß. Wir saßen einfach nur da, ohne etwas zu sagen. Es war eine Spannung in der Luft wie vor einem Gewitter, unsere Körper schienen sich anzuziehen, ohne dass wir Kontrolle über sie hatten. Meine Kollegin stand ganz langsam auf, es wirkte, als bewege sie sich in Zeitlupe, und ging zum Rollregal, ohne dass sie dort etwas zu tun gehabt hätte. Sie lehnte sich ans Regal und lachte kurz auf und sagte nur, das war seltsam. Wir schauten uns an, ohne noch etwas zu sagen. Ich kann dir das auch später erklären, sagte ich und ging zurück an meinen Platz auf der anderen Seite des Tisches.

Nach einigen Tagen fingen wir an zu reden, und mit der Zeit redeten wir immer mehr und arbeiteten immer weniger. Die Kollegin hatte Witz, wir lachten viel. Sie hatte entdeckt, dass auf der Rückseite der Zeitungsausschnitte oft die seltsamsten Dinge zu finden waren, Annoncen von Erfindern, die nach Investoren suchten, von Graphologen, von Hellsehern und Astrologinnen, die ihre Fähigkeiten anpriesen und ihre Dienste anboten, Kino- und Theaterprogramme mit längst vergessenen Stücken und Filmen. Bist du nicht 1965 geboren?, fragte sie und las mir eine Todesanzeige aus meinem Geburtsjahr vor, eine Mutter war zusammen mit Kind Michael, wie es hieß, unverhofft verstorben. Das hättest du sein können, sagte sie plötzlich ernst, stell dir vor, Kind Michael, ein ungelebtes Leben. Dann lachte sie wieder und las eine Anzeige des Sama Veda Instituts vor, das Hilfe bei Erröten, Hemmungen und Lebensangst versprach.

Besonders angetan hatten es ihr die Kontaktanzeigen. Das wäre doch etwas für dich, sagte sie einmal unvermittelt, charmante Witwe von gediegener Eleganz und heiterem Gemüt, 49-jährig, seit zwei Jahren zu einsam, Villenbesitzerin, sucht Kontakt zwecks späterer harmonischer Ehe mit gebildetem, treuem und großzügigem Herrn von vornehmer Denkungsart, eventuell mit Auto und beseelt von einem gesunden Lebensoptimismus. Ich weiß nicht, ob ich diese letzte Bedingung erfülle, sagte ich. Das Auto oder der Lebensoptimismus? Außerdem ist sie fast zwanzig Jahre älter als ich. Na ja, um ehrlich zu sein, ist sie inzwischen vierundachtzig, sagte meine Kollegin, wenn sie überhaupt noch am Leben ist. Wie wäre es damit? 31-jährige katholische Tochter, 170 cm groß, dunkel, schlank, in medizinischem Beruf tätig, sucht einen Kameraden fürs Leben kennenzulernen, der ein liebes Mädchen zu schätzen weiß. Die wäre dann inzwischen sechsundsechzig?, sagte ich. Wie kommst du darauf, dass ich eine Frau suche? Hast du schon eine?, fragte sie. Weißt du denn ein liebes Mädchen überhaupt zu schätzen? Und für dich ist nichts dabei?, fragte ich. Der hier vielleicht, sagte sie, der ist zwar schon vierzig, respektive fünfundsiebzig, aber er sucht eine aufrichtige Tochter zwischen achtzehn und dreißig Jahren. Und er hat ein schönes Einkommen und einen eigenen Sportwagen. Was wohl aus all diesen Leuten geworden ist? Ob sie den Ehekameraden oder die katholische Dame gefunden haben, die sie suchten? Ich finde solche Anzeigen immer ein bisschen traurig, sagte ich, wie die Leute sich anpreisen und was sie an sich und an anderen für wichtig halten. Ich finde sie lustig, sagte meine Kollegin und drehte das Blatt wieder um. Zurück zu den Rassenunruhen in den USA.

Wir gingen beide oft nach der Arbeit schwimmen, also konnten wir es ebenso gut gemeinsam tun. Wir treffen uns besser unten am See, sagte meine Kollegin, nicht dass die anderen denken, wir hätten was zusammen. Sie lachte und blinzelte mir zu, dabei hast du ja noch nicht mal einen eigenen Sportwagen. Ich kenne eine Stelle, wo meist nicht viel los ist, sagte ich und erklärte ihr den Weg.

Als wir uns nach der Arbeit auf der kleinen Wiese trafen, waren nur ein paar Leute da, von denen ich etliche schon hier gesehen hatte, die meisten älter als wir und allein. Eine Frau war mit einem Hund da, der wie verrückt im Wasser herumsprang und kläffte und um sich spritzte. Es gab keine Kabinen, und wir zogen uns unter unseren Badetüchern um und schwammen ziemlich lange im See. Als wir zurück an Land kamen, war die Wiese fast leer, nur eine lesende Frau war noch da und ein Liebespaar, das ziemlich hemmungslos aneinander herummachte. Ist das überhaupt erlaubt?, flüsterte meine Kollegin und lachte. Wenn es der Erhaltung der Spezies dient, sagte ich, ist wohl nichts dagegen einzuwenden.

Wir lagen nebeneinander auf unseren Tüchern, und ich spürte, wie wieder jene seltsame Spannung entstand wie vor einigen Tagen im Archiv, aber diesmal wehrten wir uns nicht dagegen. Meine Kollegin drehte sich auf den Rücken und schaute mir in die Augen, bis ich sie küsste. Schon in dieser Nacht schliefen wir zum ersten Mal miteinander.

Wir verbrachten einen schönen, stürmischen Sommer zusammen. Dass niemand im Pressehaus von unserer Beziehung wusste, erhöhte nur die Spannung und die Erregung. Wir küssten uns heimlich zwischen den Rollregalen, manchmal waren wir nahe daran, dort Sex zu haben. Meine Freundin trug einen kurzen Rock, ich hob ihn hoch, sie öffnete meinen Gürtel und schob ihre Hand in meine Hose. Sie lachte atemlos. Wir sind verrückt, flüsterte sie, wenn der Chef uns erwischt! Die Tür ging, und eine Stimme rief, ist jemand da? Es war einer der Journalisten, der oft mit umfangreichen Rechercheaufträgen kam. Ich komme, rief ich. Mein Hemd war aus der Hose gerutscht, und ich stopfte es schnell wieder hinein und schloss den Gürtel. Ich schnappte mir eine Akte und trat aus dem Regal. Der Journalist schaute auf die Akte. Schöpfungsmythen? Wer braucht denn die? Eine externe Anfrage von einem Schüler, sagte ich, aber er schien gar nicht zuzuhören und füllte den Bestellschein aus. Bis wann könnt ihr mir die Sachen raussuchen?

Inzwischen war meine Kollegin hinter den Regalen hervorgekommen, auch sie hatte eine Mappe in der Hand. Ihre Wangen waren gerötet und ihre Haare durcheinander, aber der Journalist war schon wieder an der Tür. Da ist die Akte, die du gesucht hast, sagte meine Kollegin, immer noch ein wenig atemlos. Sie reichte mir die Mappe, es war jene über Gottesvorstellungen, sie musste sich im selben Themenbereich bedient haben wie ich.

Nach diesem Vorfall wurden wir etwas vorsichtiger, aber mit der Zeit sprach es sich im Pressehaus dennoch herum, dass wir ein Paar waren. Es war kein großes Thema, Beziehungen am Arbeitsplatz kamen häufig vor, und das Archiv führte im Haus ohnehin ein ziemliches Schattendasein. Solange wir unsere Arbeit zuverlässig verrichteten, interessierte sich niemand wirklich für uns.

Acht Jahre war ich mit meiner Arbeitskollegin zusammen. Ich weiß bis heute nicht wirklich, warum die Beziehung schließlich zerbrach, aber ich nehme an, ich war schuld daran, wie ich am Zerbrechen aller meiner Beziehungen schuld war. Müsste ich eine Liste der Fehler erstellen, die meine Freundinnen mir über die Jahre vorwarfen, stünde Entscheidungsschwäche wohl an oberster Stelle, gefolgt von mangelnder Bereitschaft, Verantwortung zu übernehmen, geistiger Abwesenheit, Gefühlskälte. Vielleicht hatten mir deshalb alle Pullover geschenkt.

Dann hätten wir ja gar nicht so schlecht zusammengepasst, sagt Franziska, meine Geliebten haben mir ähnliche Dinge vorgeworfen. Vielleicht sind wir beide einfach nicht für die Liebe geschaffen? Oder nur für die Liebe aus Distanz.

Nachdem wir uns getrennt hatten, erzählte mir meine Freundin, sie habe ganz am Anfang unserer Beziehung ein Kind von mir abgetrieben. Ich weiß nicht, ob sie mich mit ihrem Geständnis bestrafen wollte. Wir hatten uns beide nie wirklich Kinder gewünscht, hatten kaum je über das Thema gesprochen, aber jetzt warf sie mir vor, sie werde meinetwegen keine haben, sie hätte ihre Zeit an mich vergeudet. Ich hörte sie an, auch wenn mir ihre Vorwürfe ungerecht erschienen und mich die endlosen Wiederholungen des immer Gleichen ungeduldig machten. Aber ich habe mich nie gerne mit Menschen verkracht, und außerdem arbeiteten wir nach wie vor zusammen, und es wäre unangenehm gewesen, mit ihr zerstritten zu sein.

In welcher Welt lebst du?, sagte meine Freundin. Hast du überhaupt Gefühle? So fühlt doch kein normaler Mensch. Ich gab keine Antwort, was hätte ich sagen sollen? Ich habe dich schon schlafen gesehen, sagte sie ein andermal mit trauriger Stimme, aber es klang wie eine Drohung. Die Vorstellung, von ihr im Schlaf beobachtet worden zu sein, schutzlos und ihr ausgeliefert, war mir unheimlich.

Ich versuchte, so normal wie möglich mit ihr umzugehen, aber das schien sie nur noch mehr gegen mich aufzubringen. Manchmal boxte sie mich in die Schulter, wenn sie an mir vorbeiging, so kräftig, dass ich blaue Flecken bekam. Aber nicht einmal darauf reagierte ich, ich ertrug es, wie ich über die Jahre all ihre Flausen ertragen hatte. Schließlich kündigte sie ihre Stelle, und so leid es mir tat, dass sie meinetwegen ihre Arbeit verlor, so erleichtert war ich, nicht mehr ihren Launen ausgesetzt zu sein. Auch die Beziehung von Franziska und dem Fußballer endete in dieser Zeit, nachdem er sie beim Fremdgehen erwischt hatte.

Als ich heute durch die Stadt spazierte, ist etwas Seltsames passiert. Das Außenviertel, durch das mein Weg führte, war wie üblich ausgestorben. Als ich an einem Schulhaus vorbeikam, flitzte plötzlich ein vielleicht zehnjähriger Junge hinter einer Ecke hervor und drückte sich nur wenige Meter von mir entfernt heftig atmend an die Mauer, die den Pausenplatz umgab. Vor Schreck war ich stehen geblieben und schaute den Jungen an, aber er schien ganz auf seine Verfolger fixiert zu sein, vielleicht spielten sie Verstecken, oder er wurde gejagt, weil er jemandem etwas zuleide getan oder weggenommen hatte. Weit und breit war kein Mensch zu sehen, nur dieser Junge, der mir vorkam wie ein verschrecktes Tier. Sein Atem wurde langsam ruhiger, aber er beachtete mich noch immer nicht. Es kam mir vor, als lebe er in einer anderen Welt, in die ich nur hineinsehen konnte, ohne selbst in ihr zu existieren. Nach einer Weile schlich sich der Junge lautlos davon, immer im Schutz der Mauer, und verschwand so plötzlich, wie er aufgetaucht war.

Zu Hause starte ich den Computer. Franziska hat

sich noch immer nicht gemeldet. Drei Tage ist es her, seit ich ihr geschrieben habe, und ich bin versucht, ihr noch einmal zu schreiben, aber dann lasse ich es bleiben. Das Schlimmste wäre, wenn sie glaubte, ich verfolgte sie.

Auf dem Tisch liegt immer noch ihre Akte, sie ist beim Interview mit dem Fußballer aufgeschlagen. Die beiden lächeln mich an, aber sie sehen nicht glücklich aus, nur routiniert. Ich gehe in den Keller, suche nach der Akte des Fußballers. Künste und Unterhaltung, Sportarten, Ball- und Kugelspiele. Die Mappe ist nicht sehr dick, sie enthält nur ein paar Artikel über Teilnahmen an Meisterschaften, über eine Auszeichnung als Sportler des Jahres, über seine Scheidung, den Abbruch seiner Profikarriere, ein gescheitertes Geschäftsunternehmen, Kopien der Artikel, die ihn und Franziska betreffen. Ich wiege die Papiere in der Hand, zögere kurz, dann werfe ich sie in den Altpapierbehälter. Es ist mir nie zuvor in den Sinn gekommen, etwas aus dem Archiv zu entfernen, es hätte meinem beruflichen Ethos zutiefst widersprochen, ich wäre mir wie ein Betrüger vorgekommen, ein Geschichtsverfälscher. Aber was spricht dagegen, jetzt, wo das Archiv mir gehört, meine Welt darstellt, die niemand anderen etwas angeht, die niemand anderen betrifft, in die niemand außer mir Einsicht hat. In meiner Welt gibt es diesen Fußballer nicht mehr.

Ich suche die Akte des Sängers heraus, mit dem Franziska nach der Geschichte mit dem Fußballer zusammen war, und werfe auch sie ins Altpapier. Über den Musikproduzenten gibt es nichts im Archiv, er war keine Person des öffentlichen Interesses.

Ich bin erregt wie schon lange nicht mehr, ich fürchte mich vor meiner eigenen Verwegenheit und fühle mich zugleich ganz leicht, als hätte sich ein Knoten gelöst, der mich seit Jahrzehnten an diesen Berg aus Papier gefesselt hat. Wenn das Archiv meine Welt ist, dann kann ich sie ebenso gut gestalten, kann sie verändern, wie es mir gefällt und wie es mich gut dünkt. Ich gehe durch die Regale, rolle sie hin und her, ziehe Akten heraus und lege sie zurück. Bei der Politikwissenschaft bleibe ich hängen, bei den politischen Ideologien. Ich sortiere den Faschismus aus und den Nationalsozialismus, den Nationalismus und nach kurzem Zögern auch den Kommunismus. Der Sozialismus und der Anarchismus dürfen bleiben, die religiös ausgerichteten Ideologien müssen weg. Mussolini, Hitler und Stalin finde ich in der Abteilung Europäische Geschichte, 20. Jahrhundert, auch sie müssen weg. Am liebsten würde ich die Akten gleich zerstören, sie verbrennen, um sie nie wieder anschauen zu müssen, aber ich habe keinen Kamin und traue mich nicht, im Garten ein Feuer zu machen. Es gibt immer einen Nachbarn, der sich beklagt oder gleich die Polizei ruft. Außerdem hat der Gedanke etwas Tröstliches, dass selbst diese Abscheulichkeiten im Kreislauf bleiben, wiederverwertet und als unbeschriebenes Papier die Unterlage für Neues sein werden, für neue Gedanken, neue Menschen, eine neue Geschichte.

Der Altpapierbehälter ist schon zur Hälfte voll, aber mir fallen immer neue Themenbereiche und Personen ein, die ich aus meiner Welt verbannen möchte, Atomwaffen, Massentierhaltung, Sekten, Antisemitismus, den Spitzensport, die anstehenden Präsidentschaftswahlen in den USA. Diese Akte ist immer noch oben in meinem Büro. Ich gehe hoch, nehme sie in die Hand, aber dann werde ich plötzlich unsicher. Es hat keinen Sinn, wahllos Dinge und Menschen auszusortieren, alles ist miteinander verknüpft, selbst das Schlimmste kann zu etwas Gutem führen. Wenn ich den Faschismus wegwerfe, müsste ich konsequenterweise auch den Antifaschismus aus dem System entfernen und all die wunderbaren Menschen, die gegen die Faschisten gekämpft haben. Ich muss das alles noch einmal durchdenken, systematischer vorgehen, bedachter. Ich muss an die Zusammenhänge denken und an die Folgen, die meine Säuberungsaktion haben könnte. Gott hat die Welt auch nicht in einem Tag erschaffen.

Die Aktion von heute werde ich trotzdem nicht rückgängig machen, sie ist wie ein reinigender Sturm, der eine Schneise ins Archiv geschlagen hat, und der Gedanke, dass es nicht mehr intakt ist, gefällt mir. Es kommt mir plötzlich vor, als sei ein Entkommen möglich, als wehe ein frischer Luftzug durch die Lücken des Archivs.

Am nächsten Tag kommt eine E-Mail von Franziska. Sie schreibt nicht viel, nur dass sie mich gerne sehen würde. Die Mail wirkt seltsam teilnahmslos, als sei eine Verabredung mit mir nur eine weitere Verpflichtung wie ein Interview oder ein Treffen mit ihrem Manager oder ihren Fans. Sie hat die Nachricht um sechs Uhr morgens abgeschickt, was mich wundert. Früher war sie eine Langschläferin, wenn wir nach einem Konzert auswärts übernachtet hatten, war sie nie vor zehn Uhr aufgestanden, was manchmal zu Verstimmungen geführt hatte, weil ich am liebsten frühmorgens aufgebrochen wäre. Siehst du, hatte sie einmal gesagt, wir passen sowieso nicht zusammen, wir würden uns dauernd streiten. Warum hatte sie das gesagt? Dann hatte sie also eine Beziehung mit mir in Betracht gezogen, hatte sie sich vielleicht sogar gewünscht, aber sich dann dagegen entschieden? Aber weshalb? Bestimmt nicht, weil ich früher aufstand als sie.

Ich habe sie schlafen gesehen. Und auch das ist unheimlich, wie die Vorstellung, selbst im Schlaf betrachtet zu werden. Ich erinnere mich genau, es war in jener Nacht, die wir im selben Bett verbrachten. Als ich erwachte, war es noch dunkel, nur von einem Scheinwerfer, der den Vorplatz beleuchtete, drang ein wenig Licht ins Zimmer. Franziskas Gesicht wirkte ganz ruhig und seltsam fremd, neutral, als gehöre es zu keinem Menschen und bestehe nur aus sich selbst. Ich spürte die Wärme ihres Körpers, roch den Schlaf, einen säuerlichen, leicht metallischen Geruch. Sie lag halb abgedeckt, hatte die Decke zwischen die Beine geklemmt. Sie runzelte die Stirn und drehte sich auf die andere Seite und zog die Decke mit sich. Gekrümmt lag sie da, von mir abgewandt. Ihr T-Shirt war hochgerutscht und hatte ihren nackten Rücken freigegeben, die Reihe der kleinen Erhebungen über ihren Wirbeln. Sie kam mir sehr zerbrechlich vor, schutzlos. Ich schmiegte mich an sie, wie um sie zu schützen, und schlief wieder ein.

Wir tauchen im trüben Wasser, das unsere Konturen verschwimmen lässt, unsere Körper wirken gelb im Grün, wir bewegen uns kraftvoll und schnell wie riesige Fische, umkreisen einander, ohne uns jemals zu berühren. Franziska winkt mir, wendet sich ab, verschwindet in der Tiefe. Ich folge ihr in die Dunkelheit, aber sie ist verschwunden. Ich schwebe im schwarzen Nichts, spüre, wie ich immer weniger werde, immer kleiner. Ich rolle mich zusammen, ich bin ein winziges pulsierendes Wesen mit einem riesigen Kopf und einem absurd kleinen Körper. Ich spüre Franziskas Wärme, ihren Herzschlag, der meinen ganzen Körper erbeben lässt, ich bin in ihr, ein Teil von ihr und doch von ihr getrennt.

Ich muss mich zwingen, Franziska nicht gleich zu antworten. Ich hole eine Mappe und schreibe Der Geruch des Schlafes darauf und lege sie auf den Stapel der leeren Mappen, die ich neu angelegt habe. Ich gehe einkaufen, obwohl ich noch genug Vorräte habe, spaziere dann weiter den Berg hinunter und den Fluss hoch wie am ersten Tag. Er führt wieder etwas mehr Wasser, seit es geregnet hat. Ich sitze auf der Bank, auf der ich schon bei meinem ersten Spaziergang saß, und versuche, mir die Begegnung mit Franziska vorzustellen, überlege mir, was ich ihr sagen soll, wie ich es ihr sagen soll. Aber während ich an sie denke, empfinde ich nicht mehr die Liebe von damals, eher Verwirrung, Nervosität und darunter eine seltsame Leere. Halb bereue ich es, ihr überhaupt geschrieben zu haben. Als wir zum letzten Mal miteinander sprachen, waren wir sechsundzwanzig, seither sind fast dreißig Jahre vergangen, ein halbes Leben. Wir sind beide gescheitert, jeder auf seine Art, vielleicht konnten wir nur scheitern.

Wieder zu Hause schreibe ich Franziska dann doch, eher aus Pflichtgefühl denn aus dem Glauben heraus, unsere Begegnung könnte gelingen und zu irgendetwas führen, das besser wäre als meine Erinnerungen. Diesmal kommt ihre Antwort noch am selben Abend, und sie klingt freundlicher als die erste, persönlicher. Wo hast du denn die ganze Zeit gesteckt?, schreibt sie. Sie wohnt in einer kleinen Gemeinde am Zürichsee, einem jener Orte, wo die Steuern niedrig sind, wo reiche Leute wohnen, die sich das Leben in der Stadt nicht leisten können. Man merkt, dass sie gewohnt ist, Nägel mit Köpfen zu machen, sie schlägt vor, uns am Mittwochnachmittag um zwei bei ihr zu treffen. Wir können im Garten sitzen, schreibt sie, die Wetterprognose ist gut. Ich freue mich, dich nach so langer Zeit zu sehen. Ich weiß nicht, warum ich ihr glaube.

Um mich abzulenken, verbringe ich die nächsten Tage damit, mir Gedanken zu machen, welche Akten ich aussortieren könnte und welche Folgen das haben würde. Ich habe große Papierbögen auf meinen Tisch gelegt und erstelle Diagramme, was womit zusammenhängt, was sich bedingt. Die Aufgabe ist unlösbar, je mehr ich darüber nachdenke, desto mehr scheint alles verbunden zu sein. Schlechtes führt zu Gutem, Gutes zu Schlechtem. Jede Veränderung in der Struktur hat unabsehbare Folgen. Außerdem kann ich mich nicht konzentrieren, dauernd muss ich an Franziska denken, an unser bevorstehendes Treffen.

Ich habe den irrationalen Gedanken, sie könnte es

spüren, wenn ich sie mir vorstelle. Eigentlich habe ich das immer schon geglaubt, dass zwischen der realen Franziska und jener in meinem Kopf eine Verbindung besteht, dass ich mit Franziska in Kontakt trete, wenn ich sie mir vorstelle. Wie oft habe ich sie in Gedanken geliebt, haben wir uns geliebt, meine Franziska und ich.

Sie steht mit klopfendem Herzen auf der Bühne, wirft mir einen letzten Blick zu, lächelt und singt ein Chanson von Barbara oder Jacques Brel. Dis, quand reviendras-tu? Immer, wenn sie dieses Lied singt, stelle ich mir vor, sie denke dabei an mich, der in der Gasse steht, hinter dem Vorhang versteckt, und leise die Worte mitspricht.

Bei Tag und Nacht seh ich dein Bild vor mir,
Ich bin vor Liebe krank und sehne mich nach dir …

Zwei Jahre nach der Trennung von meiner Arbeitskollegin starb meine Mutter, und auch wenn ich in den letzten Jahren kaum Kontakt zu ihr gehabt hatte, änderte ihr Tod sehr viel für mich. Ich fing an, über meinen eigenen Tod nachzudenken und über mein Leben, nachdem ich mir vorher nie viele Gedanken darüber gemacht hatte. Es war mir, als hätte meine Mutter mir nicht nur ihr Haus und ihre ganzen Sachen vererbt, sondern auch die Verantwortung für mich. Sie hatte mich zur Welt gebracht, hatte mich aufgezogen, war mir vorausgegangen. Jetzt, wo sie nicht mehr da war, verlor ich jede Orientierung, wie nach dem Sonnenuntergang, wenn es dunkel wird und man die Himmelsrichtungen nicht mehr erkennt. An Franziska dachte ich in dieser Zeit selten, sie war mit ihrem Sänger zusammen, schien unerreichbar und immer mehr nur ein Bild, eine schwächer werdende Erinnerung.

Ich bekam gesundheitliche Probleme, nichts Gravierendes, vermutlich kam alles nur aus meinem Kopf, die diffusen Schmerzen, die Müdigkeit, die Appetitlosigkeit. Ich fühlte mich erschöpft und antriebslos, deprimiert. Eine Zeitlang ging es mir so schlecht, dass ich kaum noch die Energie aufbrachte, zur Arbeit zu gehen, mich regelmäßig zu ernähren und zu pflegen. Alltägliches, das vorher selbstverständlich gewesen war, kam mir seltsam, ja unheimlich vor, mein Gesicht im Spiegel befremdete mich, einfachste Handlungen beunruhigten mich. Ich tat etwas und beobachtete mich zugleich dabei und fragte mich, weshalb ich es tat und nicht etwas ganz anderes oder gar nichts. Es war ein endloses Selbstgespräch, das ich mit mir führte, das ich, wenn ich es mir recht überlege, seit ich denken kann, mit mir geführt habe. Ich kommentiere und argumentiere, erkläre mir Dinge, male mir Situationen aus und spiele sie mit verteilten Rollen durch, manipuliere

Erlebtes, bestärke mich in meinen Entschlüssen, entschuldige mein Versagen, tröste mich über Verluste hinweg. Ich bin mir mein treuester Freund, aber es ist kein Dialog, selbst wenn in meinem Kopf andere Stimmen sprechen, es ist ein trister, ein jämmerlicher Monolog.

Komm zu mir, sagt Franziska. Sie will mich trösten, nimmt mich in den Arm und streichelt meinen Kopf, das wird schon wieder. Vielleicht bist du überarbeitet. Aber es ist nicht Franziska, ich bin es selbst, der mich zu trösten versucht. Es kommt mir vor, als sehe ich durch ihre Züge hindurch meine eigenen, die ihre entstellen, ein Bild wie aus einem Horrorfilm, wenn die Masken fallen und plötzlich klar wird, dass das Opfer in Wahrheit der Täter ist.

Das dominierende Gefühl in jener Zeit, aber das merkte ich erst, als es vorbei war, war Angst, eine Angst, die immer größer wurde, bis ich fürchtete, sie würde mich verrückt machen. Ich dachte daran, Hilfe zu suchen, mich in eine Klinik einweisen zu lassen, vielleicht hätte ich es getan, wenn ich nicht gespürt hätte, dass mir auch das nicht helfen würde, mir selbst zu entkommen.

Dieser Zustand hielt fast ein Jahr an, bis er ohne äußere Ursache plötzlich endete. Eines Morgens stand ich auf und wusste, ich hatte das Schlimmste überstanden. Ich duschte, ging zur Arbeit, erledigte am Abend die Hausarbeit und kümmerte mich endlich um den Papierkram, den die Erbschaft mit sich gebracht hatte. Ungefähr zu dieser Zeit beschloss ich auch, ins Haus meiner Mutter zu ziehen und es nicht zu verkaufen, wie ich es zuvor geplant, aber nie in Angriff genommen hatte.

Ich wohnte schon eine Weile im Haus. Es ging mir besser, aber ich zog mich immer mehr zurück. Ich kümmerte mich nicht mehr um meine wenigen Freunde, ging noch seltener aus als zuvor, beschäftigte mich in meiner Freizeit stattdessen mit dem Garten, in dem immer etwas zu tun war, ohne dass sich etwas darin veränderte. Ich war Mitte vierzig, aber ich hatte mich im Grunde schon damit abgefunden, dass mein Leben nichts Neues mehr für mich bereithielt. Rund um mich beobachtete ich Männer in meinem Alter, die anfingen, Marathon zu laufen, oder sich schicke Autos kauften oder sich mit jungen Frauen zeigten, und ich empfand nichts als Bedauern mit ihnen, wenn nicht Verachtung für ihr Tun.

Zum fünfundzwanzigsten Jubiläum des Abiturs hatten es sich einige meiner früheren Mitschülerinnen in den Kopf gesetzt, ein Klassentreffen zu organisieren. Es fing mit einem Brief an, in dem wir alle aufgefordert wurden, die Adressen von dem oder jener mitzuteilen, von denen schon lange niemand gehört hatte. Ich ignorierte den Brief, ich hatte meine Mitschüler ohnehin längst aus den Augen verloren, aber einen Monat später kam ein zweites Schreiben, in dem es hieß, man hätte nun alle Adressen beisammen und auch ein Programm gemacht, wir seien eingeladen, uns an dem und dem Tag um die und die Zeit in einem Landgasthof zu versammeln, es folgten eine Wegbeschreibung und zwei Menüs, aus denen man eines auswählen sollte, eines mit Fleisch, eines ohne. Dem Brief lag eine Adress- und Telefonliste der Klasse bei, neben Fabiennes Name standen die Adresse und die Telefonnummer einer Agentur. Auch auf diesen Brief reagierte ich nicht.

Vielleicht zwei Wochen vor dem geplanten Treffen klingelte eines Abends mein Telefon. Das laute Klingeln erschreckte mich, ich bekam praktisch nie Anrufe und hatte den Rufton schon fast vergessen. Es war die Mitschülerin, die die treibende Kraft hinter dem Klassentreffen war. Sie begrüßte mich aufgekratzt und meinte, sie hätte die Anmeldung von mir noch gar nicht bekommen. Der Anruf war mir unangenehm. Es hatte mich keine Kraft gekostet, die Einladung zu ignorieren, aber jetzt, wo meine Mitschülerin am Apparat war, kam es mir unhöflich vor, ohne triftigen Grund abzusagen. Sie wirkte begeistert von ihrem Vorhaben. Alle kommen, sagte sie, natürlich bis auf die zwei, die verstorben sind.

Sie erzählte mir die Geschichten der beiden, ein Mitschüler war nach einer langen Drogenkarriere vor drei Jahren gestorben, ein anderer vor einiger Zeit bei einem Sportunfall in den Bergen ums Leben gekommen. Ich brachte die Namen nicht mit Gesichtern zusammen, aber ich fragte nicht nach, sagte nur, wie schrecklich und dass es mir leid tue, aber dass ich am vereinbarten Datum keine Zeit hätte. Die Mitschülerin schwieg einen Moment, dann spielte sie ihren letzten Trumpf aus und sagte, sogar Fabienne wird kommen. Wer?, fragte ich. Fabienne, wiederholte sie und lachte. Du meinst Franziska, sagte ich. Wenn es dir lieber ist, sagte sie, ihr beide wart doch so eng. Ich gab keine Antwort. Ich habe es noch nie gemocht, wenn Leute über mich nachdenken, wenn sie sich vorstellen, was ich tue und lasse. Diese Klone von mir, die in fremden Köpfen herumgeistern, haben nichts mit mir zu tun, und doch bedrohen sie mich, sie sehen aus wie ich, sie imitieren meine Stimme, sie tun Dinge, die ich nie tun würde und die als Möglichkeiten doch Teil meines Lebens werden. Ich kenne dich vielleicht besser als du dich selbst, welche meiner Freundinnen hatte das einmal zu mir gesagt? Die Behauptung hatte mich wütend gemacht und zugleich hilflos. Was konnte ich darauf erwidern?

Vielleicht singt Fabienne ja sogar etwas für uns, sagte die Mitschülerin. Ich versprach, noch einmal in meinen Kalender zu schauen. Einige Tage später sagte ich zu.

Franziska kam nicht zum Klassentreffen. Ich erfuhr es erst, als ich schon da war. Einige meiner ehemaligen Mitschüler, die vor dem Landgasthaus rauchten, begrüßten mich mit lautem Hallo und mit Bemerkungen über mein Aussehen, das sich angeblich überhaupt nicht verändert hatte. Entgegen meinen Erwartungen konnte ich mich sofort an sie erinnern und auch daran, dass ich sie schon während der Schulzeit nicht gemocht hatte.

Noch bevor der Abend richtig anfing, bereute ich, gekommen zu sein. Die Organisatorin trat aus dem Gasthaus. Auch sie hatte sich nur wenig verändert. Sie begrüßte mich mit Wangenküssen, schaute mich dann mit einem aufgesetzt traurigen Gesicht an und sagte, Fabienne könne leider nicht kommen. Sie hätte ganz kurzfristig für eine erkrankte Künstlerin einspringen müssen und bedauere sehr, nicht mit uns feiern zu können. Die Entschuldigung klang so falsch und fadenscheinig wie das gespielte Bedauern der Mitschülerin. Am liebsten wäre ich gleich wieder gegangen, aber das hätte die Aufmerksamkeit der anderen nur noch mehr auf mich gelenkt, also folgte ich ihr in die Gaststube, wo es mehr Hallo und Händeschütteln und Wangenküsse gab.

Franziska war das Hauptthema an diesem Abend, und je länger er dauerte, desto schlechter wurde über sie geredet. Sie hätte schon damals geglaubt, sie sei etwas Besseres, hieß es. Die Musik, die sie mache, sei das Letzte, sie könne ihre Karriere ja nur am Laufen halten, indem sie mit immer neuen Männergeschichten in der Boulevardpresse auftauche, ich weiß nicht was. Ich hätte sie verteidigen müssen, aber ich bin nie ein Kämpfer gewesen und schwieg zu allem. Nur eine Mitschülerin, die während der Schulzeit Franziskas beste Freundin gewesen war und später mit ihr die Pflegerinnenausbildung gemacht hatte, widersprach dem bösen Geschwätz. Sie sah ganz traurig aus dabei und schaute immer wieder zu mir herüber, als erwarte sie, dass ich ihr beistände.

Obwohl ich mit dem Auto gekommen war, trank ich viel an diesem Abend. Als ich irgendwann aufstand, um zur Toilette zu gehen, merkte ich erst, wie betrunken ich war. Ich verließ das Gasthaus, um frische Luft zu schnappen. Draußen war es stockdunkel, aus einiger Distanz waren Kuhglocken und das Rauschen eines Baches zu hören. Das Gebäude war früher eine Mühle gewesen und stand für sich allein in der Landschaft. Vor dem Haus gab es ein paar Blechtische und Stühle, und ich setzte mich hin. Ich fragte mich, wie ich nach Hause kommen würde. Es wäre unverantwortlich, mit dem Wagen zurückzufahren, aber ich hatte keine Lust, mich von jemandem mitnehmen zu lassen.

Die Tür ging, ein Lichtkegel fiel auf den Vorplatz, und kurz darauf setzte sich Franziskas Verteidigerin zu mir an den Tisch und zündete sich eine Zigarette an. Willst du auch?, fragte sie und hielt mir das Päckchen hin. Ich schüttelte den Kopf. Wir sind die Einzigen, die Fabienne die Treue halten, sagte sie, wir sind ihre einzigen Freunde. Hast du Kontakt zu ihr?, fragte ich. Ja, sagte sie, wir treffen uns gelegentlich, nicht sehr oft, sie ist ja dauernd unterwegs. Manchmal kümmere ich mich um ihr Haus, wenn sie auf Tournee ist. Wenn wir uns sehen, reden wir über alte Zeiten, auch über dich haben wir gesprochen.

Ich wollte sie fragen, was Franziska über mich gesagt hatte, aber dann ließ ich es bleiben. Sie war der einzige Grund, weshalb ich gekommen bin, sagte ich. Wollen wir gehen?, fragte Franziskas Freundin. Nimmst du mich mit? Ich sagte, ich sei zu betrunken, aber wenn sie fahren möge, könnten wir gern meinen Wagen nehmen.

Die Schulkollegin glich Franziska nicht im Geringsten, aber ihre Nähe zu ihr verlieh ihr in meinen Augen einen seltsamen Glanz. Sie hatte vor dem Mietshaus angehalten, in dem sie wohnte.

Und wie kommst du jetzt nach Hause?, fragte sie. Vielleicht schlafe ich im Auto, sagte ich, oder ich lasse den Wagen stehen und gehe zu Fuß. Das ist doch bestimmt eine Stunde, sagte sie und lachte. Sie zögerte, dann sagte sie, komm doch mit rauf. Mein Sohn wohnt bei mir, aber er ist bestimmt noch nicht da.

Am Wochenende kommt er meistens sehr spät nach Hause.

In der Wohnung roch es nach kaltem Rauch, und es war kühl. Wir standen in der Küche und tranken ein Glas Rotwein, der viel zu kalt war. Ich hätte ihn nicht in den Kühlschrank stellen sollen, sagte sie, aber während der Woche trinke ich kaum. Und Männerbesuch habe ich ohnehin nie. Sie lachte nervös. Du kannst ganz schön still sein.

Ob ich damals in Franziska verliebt gewesen sei, wollte sie wissen, ob jemals etwas gewesen sei zwischen uns. Das ist so lange her, sagte ich ausweichend. Was sagt sie denn? Du kennst sie doch, sagte sie. Wir waren dauernd in jemand anderen verliebt. Du etwa nicht?

Nachdem wir uns geküsst hatten, sagte sie, es sei seltsam, eigentlich total absurd, aber sie habe ein schlechtes Gewissen. Du könntest mir den Rücken massieren. Sie zog sich den Pullover über den Kopf und drehte sich um. Komm, sagte sie und ging voraus in ihr Schlafzimmer und legte sich aufs Bett.

Nach jener ersten Nacht redeten wir nie wieder über Franziska, trotzdem hatte ich immer das Gefühl, ihr näher zu sein, wenn wir beisammen waren. Wir trafen uns von nun an alle zwei oder drei Wochen. Ich lud sie nie zu mir ein, sie rief mich an, wenn ihr Sohn bei seiner Freundin übernachtete oder aus einem anderen Grund nicht da war. Wir aßen eine Kleinigkeit, schliefen miteinander, und ich ging wieder. Es war die unkomplizierteste Beziehung, die ich je gehabt hatte, vermutlich, weil wir uns zwar mochten, aber beide nicht verliebt ineinander waren. Wir verlangten nichts voneinander, nicht einmal Treue. Ich glaube nicht, dass sie noch andere Liebhaber hatte, aber ich fragte sie auch nie danach. Wenn ich ehrlich bin, interessierte es mich nicht, so wie mich ihr ganzes Leben nicht wirklich interessierte und ich doch dankbar zuhörte, wenn sie darüber sprach und es mit mir teilte. Dann kam es mir vor, als sei ich selbst Teil davon, ein entfernter Verwandter, den alle nur dem Namen nach kennen und der doch zur Familie gehört.

Manchmal erzählte sie Geschichten aus dem Krankenhaus, in dem sie arbeitete, oder klagte über Probleme mit ihrem Sohn, der seine Ausbildung abbrechen wollte. Aber warum erzähle ich dir das?, sagte sie, du bist ja nicht mein Therapeut. Dann sprach sie von ihrem Exmann, der sie nicht in Ruhe lasse, obwohl sie ihm schon tausendmal gesagt habe, sie wolle nichts mehr von ihm wissen. Im Mietshaus, in dem sie wohnte, war ein Aufzug eingebaut worden, was viel Dreck und Lärm verursacht hatte. Jetzt wollte der Hausbesitzer mehr Miete, obwohl sie im Erdgeschoss wohnte und den Aufzug nie benutzte. Ihr Chef hatte wegen eines Kunstfehlers eine Klage am

Hals, was sie ihm gönnte. Ihr Sohn hatte eine neue Freundin, ein ganz süßes Mädchen, sie hoffe, es gehe diesmal gut. Sie redete und redete, dann schliefen wir noch einmal miteinander, und irgendwann sagte sie, es sei Zeit, dass ich gehe, sie müsse jetzt schlafen, sie habe morgen einen anstrengenden Tag. Ich schaute ihr vom Bett aus beim Anziehen zu. Sie hatte die Angewohnheit, erst den BH und dann den Slip anzuziehen, was mich auf seltsame Weise erregte. Dann ging sie in Unterwäsche in der Wohnung herum, räumte das Geschirr in die Geschirrspülmaschine, las ihre Kleider zusammen, die im Wohnzimmer auf dem Boden lagen, bis auch ich aufstand und mich anzog.

Ich finde selbst raus, sagte ich. Sie lachte und küsste mich zum Abschied auf den Mund. Hast du eigentlich Franziska wieder mal gesehen?, fragte ich und zog sie noch einmal an mich. Ich wäre dankbar, wenn du ihr nichts von uns erzählst.

Sechs Jahre dauerte diese Beziehung, und eigentlich hätte nichts dagegen gesprochen, dass sie noch länger dauerte. Aber dann wurde mir gekündigt, und ich fiel wieder in ein Loch. Ich sagte meiner Freundin ein paarmal ab, und nach der dritten Absage fragte sie, ob ich überhaupt noch Lust hätte, sie zu sehen. Ich sagte, mein Leben sei gerade ein ziemliches Durcheinander, was ich im Moment brauchte, seien vor allem Ruhe und Zeit für mich allein. Sie schwieg einen Moment, dann sagte sie, ruf mich an, wenn du mich wieder sehen magst. Ich würde unsere Treffen vermissen.

Dass ich sie nie mehr anrief, war kein Entschluss, den ich irgendwann fällte, ich schob es einfach immer wieder hinaus, bis es mir seltsam vorgekommen wäre, mich noch einmal bei ihr zu melden.

Worüber werde ich mit Franziska sprechen? Werden wir uns unser Leben erzählen? Aber ihres kenne ich bereits aus der Presse und über meines gibt es nicht viel zu sagen. Werden wir in die Leichtigkeit zurückfinden, mit der wir früher über Gott und die Welt geredet haben? Aber ich ziehe das Schweigen heute meist dem Reden vor. Werden wir die Weltlage diskutieren? Den Klimawandel? Die aktuellen Geschehnisse? Wozu sollte das gut sein? Ihre Meinungen werden nicht origineller sein als meine, als jene der Zeitungskommentatoren. Wozu soll es gut sein, Franziska überhaupt zu treffen?

Die Vorstellung hat mir immer gefallen, ein Wiedersehen nach Jahrzehnten, Gespräche, Umarmungen, vielleicht mehr. Ich habe mich davor gehütet, mir eine solche Begegnung allzu genau auszumalen. Jetzt, wo sie kurz bevorsteht, macht sie mir Angst. Sie kann auf hundert Arten schiefgehen, aber ich kann mir nicht vorstellen, wie sie gelingen könnte.

Zwei Tage vor dem Termin bringe ich meinen Wagen in die Werkstatt. Ich habe ihn lange nicht benutzt und bin froh, dass er überhaupt anspringt. Erst im Gespräch mit dem Mechaniker merke ich, wie wenig ich den Umgang mit Menschen noch gewohnt bin.

Schon am nächsten Tag kann ich den Wagen abholen und statt von der Werkstatt direkt nach Hause zu fahren, mache ich eine Spritztour. Ohne es wirklich geplant zu haben, bin ich plötzlich in der Nähe des kleinen Sees, in dem ich mit Franziska ein paarmal baden war. Das Strandbad macht erst im Frühsommer auf, nur ein Auto steht auf dem Parkplatz davor, aber niemand ist zu sehen. Vielleicht gehört es einem Vogelbeobachter oder jemandem, der mit seinem Hund spazieren geht. Der Himmel ist bedeckt, aber es ist nicht kalt.

Der Eingang des Bades steht offen, und ich spaziere hinunter zum See. Alles ist noch so wie damals, die alten hölzernen Umkleidekabinen, der Kiosk und die Grillstelle, der mit Rundhölzern eingegrenzte Nichtschwimmerbereich, das Badefloß, das etwas weiter draußen herumdümpelt.

Ich knie mich nieder und prüfe mit der Hand die Temperatur des Wassers, es ist weniger kalt, als ich gedacht habe. Ich schaue mich um, es ist noch immer niemand zu sehen. Dann ziehe ich mich aus und gehe, nackt wie ich bin, ins Wasser. Lange stehe ich da, das Wasser bis zu den Hüften, dann werfe ich mich hinein. Die Kälte nimmt mir für einen Moment den Atem. Ich schwimme ein Stück weit hinaus. Wenn ich jetzt das Bewusstsein verlöre, würde niemand mir helfen können, und ich würde lautlos in die Tiefe sinken. Ich tauche den Kopf unter Wasser, halte die Augen geöffnet. Es ist ganz still. Der See ist klarer jetzt als im Sommer, aber viel mehr sehe ich trotzdem nicht als das Licht, das die Farbe des Wassers verändert, ein paar Ranken von Schlingpflanzen, die von Algen überwucherte Kette, an der das Floß verankert ist, den Schatten des Floßes auf dem Grund, meinen bleichen Körper im grünlichen Wasser.

Irgendwann sollen Ertrunkene wieder an die Oberfläche kommen. Wo lernt man solche Dinge? Dauert es Tage, Wochen? Die Toten aus meiner Erinnerung steigen auf, meine Eltern, meine Großeltern, die zwei verstorbenen Klassenkameraden und in der Ferne andere Menschen, die ich nicht erkenne, ausgestreckte Körper, die langsam im Wasser hochsteigen. Unheimlich sehen sie aus, aber mir graut nicht vor ihnen, sie gehören zu mir, sind ein Teil von mir.

Ich tauche auf, schnappe nach Luft und schwimme zurück ans Ufer. Ich habe kein Handtuch dabei und lege mich nackt ins Gras, aber mir ist so kalt, dass ich schließlich nass in die Kleider schlüpfe.

Als ich zum Auto komme, steht Franziska da, als hätte sie auf mich gewartet. Sie lächelt mich an, winkt mir mit dem Kopf und geht den Kiesweg entlang. Nach einigen hundert Metern nimmt sie einen Pfad, der ins Schilf hineinführt zu einer hölzernen Aussichtsplattform für Vogelbeobachter. Sie steigt die steile Treppe hoch, und ich folge ihr. Als ich oben ankomme, lehnt Fabienne am Geländer und schaut hinaus auf den See. Sie hat die Schultern ein wenig angezogen, als friere sie oder fürchte sich vor etwas. Ich stehe dicht hinter ihr, lege meine Hände auf ihre Schultern. Sie senkt den Kopf und lehnt sich etwas vor. Ich fasse sie um die Hüften, fahre mit den Händen unter ihre Regenjacke. Sie richtet sich auf, sonst bewegt sie sich kaum. Ich küsse ihren Nacken, berühre ihre Brüste. Sie dreht sich um. Als ich sie auf den Mund küssen will, wendet sie das Gesicht ab.

Ich habe in den letzten Tagen bestimmt fünfmal auf der Karte nachgeschaut, welches der beste Weg zu Franziskas Wohnort ist, trotzdem verfahre ich mich im Oberland, wo ich mich nicht auskenne und alle Dörfer gleich aussehen. Die Straßen sind fast leer, es sind kaum Autos unterwegs, und auch die Ortschaften wirken ausgestorben. Nur ein paar alte Menschen sind unterwegs, alle allein, sie wirken, als suchten sie nach etwas, an dessen Existenz sie selbst nicht mehr glauben.

Ich habe viel zu viel Zeit für die Fahrt einberechnet, und trotz der Umwege bin ich mehr als eine Stunde zu früh. Kurz vor dem Ziel halte ich an einem Waldrand auf der Anhöhe an. Der Ort, in dem Franziska wohnt, liegt unter mir, zu ihrem Haus können es nur noch wenige Minuten sein.

Von hier aus hat man einen wunderschönen Blick auf den See und das gegenüberliegende Ufer und dahinter die Hügelketten und die Berge, deren Spitzen in den Wolken stecken. In den Bergen soll es vereinzelte Gewitter geben, was ungewöhnlich ist für diese Jahreszeit.

Ich bin nervös, in meinem Bauch rumort es. Zu lesen habe ich nichts dabei. Ich blättere ein wenig in der Gebrauchsanweisung meines Autos, die ich im Handschuhfach gefunden habe, und erfahre Dinge, von denen ich keine Ahnung hatte. Wenn man beim Entriegeln des Wagens den Knopf auf der Fernsteuerung lange gedrückt halte, heißt es da, gingen alle Fenster gleichzeitig auf. Was die Konstrukteure sich nicht alles einfallen lassen. Ich probiere es aus, und es funktioniert tatsächlich.

Ich gehe vom Parkplatz ein Stück weit den Waldrand entlang. Am Weg steht alle hundert Meter eine Sitzbank. Auf der Lehne mancher der Bänke ist ein kleines Schild angebracht, das an jemanden erinnert, es scheint hier Patenschaften für Sitzbänke zu geben. Für Gerda zum fünfundsiebzigsten Geburtstag. Astrid und Roland zum fünfzigsten Hochzeitstag. Für Franziska, die Liebe meines Lebens. Ich stelle mir vor, wie sie am Waldrand spaziert und sich auf die Bank setzt und an mich denkt, so wie ich an sie denke.

Der Garten ist von einer hohen Hecke umgeben, von der Straße aus ist nichts zu sehen als diese Hecke und der Eingangsbereich. Der Rest des Hauses wirkt seltsam verschwommen, als sei er in einem unsichtbaren Nebel verborgen. Ich bleibe noch einen Moment im Wagen sitzen, dann, auf die Minute genau zur abgemachten Zeit, drücke ich die Klingel. Als hätte Franziska dahinter gewartet, geht die Tür sofort auf, und wir stehen uns gegenüber, schauen uns erst nur wortlos an. Franziska wirkt unverändert, es scheint gar nicht möglich zu sein, dass sie noch so jung aussieht. Sie lächelt, sagt, komm herein. Sie dreht auf dem Absatz um und führt mich durch einen hellen Empfangsbereich in ein großes Wohnzimmer. Die Einrichtung ist geschmackvoll, man sieht den Möbeln an, dass sie nicht billig waren, aber auch, dass sie vermutlich von jemandem ausgewählt und zusammengestellt wurden, der nicht hier wohnt. Der Raum hat etwas Unpersönliches, fast Steriles, es kommt mir vor, als gingen wir durch einen Möbelkatalog. Auf dem Glastisch der Sitzgruppe steht ein Tablett mit einer leeren Karaffe, Gläsern, einer Kaffeekanne und zwei Tassen. Magst du Kaffee?, fragt Franziska. Sie scheint ebenso befangen zu sein wie ich, aber sie kann besser damit umgehen. Ich nicke, gern. Sie beugt sich vor, tut, als würde sie zwei Tassen vollgießen, aber es fließt kein Kaffee aus der Kanne. Franziskas Hand zittert ein wenig. Schwarz und ohne etwas, nicht wahr? Ja, sage ich, das weißt du noch? Und du mit viel Milch. Keinen Zucker mehr, sagt sie, in meinem Alter muss man etwas tun für seine Linie. Sie gießt unsichtbare Milch in ihre Tasse. Du siehst wunderschön aus, du hast dich überhaupt nicht verändert. Du auch nicht. Ich schaue auf meine Hände, die die leere Tasse halten, sie sehen tatsächlich viel jünger aus, als ich sie in Erinnerung habe. Wir reden nur Unsinn, vermutlich haben wir es beide gemerkt und schweigen lieber. Nach einer Weile fragt Franziska, soll ich dir das Haus zeigen? Sie hat ihre Tasse nicht angerührt.

Sie führt mich durch das Haus wie eine Maklerin einen interessierten Kunden, weist auf die Vorzüge hin, nennt die Anzahl der Bäder und Toiletten. Das Haus wurde in den sechziger Jahren gebaut, es ist älter als wir. Aber alles wurde aufwendig renoviert, die Gebäudehülle und das Dach isoliert. Würde sie tatsächlich Gebäudehülle sagen? Mein Arbeitszimmer, meine Bibliothek, mein Schlafzimmer. Das Gästezimmer. In diesem Raum habe ich allen möglichen Kram, alte Sachen, Buchhaltungsunterlagen, Tonträger. Wenn du eine meiner CDs möchtest, sag es, ich habe mehr als genug Belege. Im Keller habe ich ein kleines Studio einbauen lassen, in dem ich manchmal Stücke aufnehme. Nein, um den Garten kümmere ich mich nicht selbst, das macht ein Gärtner, der kommt alle zwei Wochen. Keine Ahnung, was das für ein Baum ist, der muss älter sein als das Haus. Ein Zuckerahorn? Der Pool ist zehn Meter lang, er wird mit einer Wärmepumpe geheizt.

Gestern bin ich in unserem See geschwommen, sage ich. Was ist unser See?, fragt sie. Wo wir immer baden gingen, weißt du nicht mehr? Ach so, sagt sie. Waren wir so oft da? Ich habe Jahre in keinem See gebadet. Ich habe immer Angst, jemand könnte mich im Badeanzug fotografieren, und die Fotos könnten an die Öffentlichkeit kommen. Wir stehen schweigend am Pool, wir haben uns das Treffen wohl beide anders vorgestellt.

Ja, sagt Franziska, meine erste Liebe warst du. Ich kann gar nicht glauben, dass du es nicht gemerkt hast. Sie spricht mit monotoner Stimme, als lese sie einen Text ab, den sie nicht versteht. Als wir im Schwarzwald ein Zimmer geteilt haben, als ich dich einlud, in Chur bei mir zu übernachten. Wir küssen uns, aber es kommt mir vor, als küsste ich ins Leere. Ich schaue auf die Uhr, es ist zwei.

Auf dem Nachhauseweg überlege ich mir, was ich Franziska schreiben soll. Ich könnte behaupten, ich sei plötzlich krank geworden, ich hätte das Haus nicht gefunden, könnte mich ohne Angabe eines Grundes entschuldigen. Sie würde verstehen. Vielleicht würde sie auch gar nicht antworten. Bestimmt bekam sie jede Menge Briefe und E-Mails von Leuten, die etwas von ihr wollten.

Ich hatte, bevor ich abfuhr, alle Fensterläden geschlossen, als begäbe ich mich auf eine Reise, von der ich lange nicht zurückkommen würde. Im Haus ist es schattig und kühler als draußen. Alles ist an seinem Platz, warum auch nicht. Die Origamitierchen ärgern mich plötzlich. Ich bin doch keiner dieser Irren, über die man manchmal in der Zeitung liest, die in ihren vollgestopften Häusern sitzen und verrückte Dinge tun, jahrelang mit niemandem sprechen und nur von Beutelsuppen und Zwieback leben. Und die Wochen nach ihrem Tod aufgefunden werden, und alle Nachbarn sagen, wer hätte das ahnen können, er war ganz unauffällig, ein freundlicher, zurückgezogen lebender Mann.

Was würden meine Nachbarn über mich sagen? Sie kennen mich ebenso wenig, wie ich sie kenne. Über die Jahre wurden die meisten Häuser verkauft oder weitervererbt, neue Leute sind eingezogen, ich habe den Kontakt nicht gesucht. Ich grüße sie, wenn sie mich grüßen, ihre Namen kenne ich nicht. Ich hole einen Besen und wische die ganze Menagerie zusammen und werfe sie in den Müll, wo sie hingehört.

Das Haus kommt mir sehr leer vor, leerer als jemals zuvor. Ich versuche, an Franziska zu denken, aber sie ist verschwunden, nur noch ein Name ist übrig geblieben, Fabienne, und ein nichtssagendes Bild, wie es in der Presse hätte erscheinen können, und ein Kuss ins Leere. Du hast mich nicht wirklich treffen wollen, nicht wahr? Du hast nur aus Gutmütigkeit zugesagt, aus Freundlichkeit, weil du nicht arrogant erscheinen wolltest. Sie gibt keine Antwort. Sie lächelt. Aber das Lächeln auf ihrem Gesicht gilt nicht mir, es ist das gefrorene Retortenlächeln für die Öffentlichkeit, das sie so gut beherrscht.

Ich sitze an meinem Computer, auf dem Bildschirm eine leere Mail an Franziska adressiert. Ich weiß nicht, was ich ihr schreiben soll. Vielleicht ist es am besten, wenn ich mich gar nicht mehr melde. Sie wird es verstehen und insgeheim froh sein.

Es ist dunkel geworden. Ich sitze immer noch vor dem Computer, der Bildschirm ist erloschen. Da reißt mich das Klingeln des Telefons aus meinen Gedanken. Es klingelt drei-, vier-, fünfmal. Unbekannter Anrufer, steht auf dem Display. Schließlich nehme ich den Anruf entgegen und melde mich mit meinem Namen. Warum bist du nicht gekommen?, höre ich Franziskas Stimme. Sie klingt genauso wie damals, vielleicht etwas tiefer, aber die Art, in der sie spricht, ist noch immer dieselbe. Wir waren doch verabredet, sagt sie, hast du mich vergessen?

Ich weiß nicht, was ich sagen soll. Ich war da, sage ich, viel zu früh. Ich habe am Waldrand über dem Dorf geparkt. Ihr habt eine tolle Aussicht. Franziska lacht. Und da hast du gedacht, jetzt, wo ich die Aussicht gesehen habe, kann ich ja wieder gehen? Ich hätte dir die Namen der Berge sagen können, ich kenne sie alle. Wie mein Großvater, sage ich, der konnte das auch. Das ist hoffentlich die einzige Eigenschaft, die ich mit ihm teile. Er war ein freundlicher Mann, sage ich.

Das Gespräch verläuft ganz mühelos. Ich habe seit Wochen, seit Monaten mit niemandem mehr als ein paar Sätze gewechselt, aber Franziska hilft mir. Sie sagt, sie könne mich gut verstehen. Bestimmt hätte ich gedacht, sie zu bedrängen. Sie kriege tatsächlich alle mögliche Post. Leute, die mir von ihrem Herzschmerz schreiben und mich um meinen Rat bitten, Lehrer, die in meinen Texten Grammatikfehler gefunden haben, Leute, die mir Investitionen anbieten, Männer, deren Namen ich noch nie gehört habe und die mir ihre Liebe erklären. Das war eigentlich meine Absicht, sage ich. Franziska lacht ganz unbeschwert. Das hast du doch schon einmal versucht.

Wir sprechen bestimmt zwei Stunden, mein Ohr ist schon ganz heiß vom Telefon. Ich gehe während des Anrufs durch das Haus, und es scheint mir, als ginge Franziska neben mir und als zeigte ich ihr mein trostloses Leben. Dabei kommt es mir vor, als gehöre dies alles einem anderen, als sei es nicht mein Haus, und ich betrachte die Möbel, die Bilder, die Fotografien wie die einer mir vollkommen fremden Person. Aber darüber sprechen wir nicht. Wir reden fast nur über alte Zeiten und lachen viel, ich habe bestimmt im ganzen letzten Jahr nicht so viel gelacht wie in diesen zwei Stunden.

Es ist erstaunlich, an wie vieles Franziska sich noch erinnert, manches weiß sie besser als ich, oder sie erinnert es ganz anders. Es kommt mir vor, als hätten wir uns eben noch gesehen, sagt sie. Ja, sage ich, so geht es mir auch. Du hast dich überhaupt nicht verändert. Das sagst du nur, weil du mich nicht siehst. Sie lacht und stöhnt dann ein wenig. Was hast du?, frage ich. Immer, wenn ich lache, tut mir der Rücken weh, sagt sie und lacht wieder, wir werden alt, wenn uns nichts mehr weh tut, sind wir tot. Irgendwann sagt sie, sie müsse jetzt ins Bett, damit sie ihren Schönheitsschlaf kriege. Bist du morgen zu Hause? Ich bin immer zu Hause. Lass uns wieder telefonieren. Wir haben noch längst nicht alles besprochen. Ich rufe dich an.

Eigentlich würde ich gern einen Spaziergang machen, die Spaziergänge sind zu einem festen Teil meines Tagesablaufs geworden, aber ich traue mich nicht aus dem Haus, aus Angst, Franziskas Anruf zu verpassen. Ich sitze den ganzen Tag am Fenster, das zur Straße hinausgeht und beobachte, was geschieht. Aber es geschieht kaum etwas. Eine Frau mit einem Kinderwagen geht vorbei.

Das Gespräch von gestern hat eine seltsame Euphorie in mir ausgelöst, obwohl wir nur Jugenderinnerungen ausgetauscht haben. Franziska und ich könnten wieder Freunde sein, uns sehen, ich könnte sie zu ihren Konzerten begleiten, hinter der Bühne auf sie warten, aufsässige Fans von ihr fernhalten und spät nachts ein Glas Wein mit ihr trinken in irgendeiner Hotelbar in irgendeiner Stadt. Mehr will ich gar nicht. Aber je länger sie nicht anruft, desto bedrückter werde ich. Bestimmt ist sie bei Konzerten von einem Tross von Menschen umgeben, da würde ich nur stören. Und wer sagt, dass sie keinen Freund hat oder wenigstens einen Liebhaber? Die Männer müssen Schlange stehen, um sich mit ihr zu treffen, um mit ihr gesehen zu werden. Sie ist schön, sie ist erfolgreich, sie hat Geld. Sich mit mir zu zeigen, das ist der schlimmste Gedanke, müsste ihr peinlich sein. Wer ist der neue Mann an Fabiennes Seite? Ein arbeitsloser Dokumentarist, ein verschrobener Menschenfeind. Kein Mensch hat jemals von ihm gehört. Und diese Kleider! Diese Frisur! Was für ein groteskes Paar!

Ich wasche meine Wäsche, um überhaupt etwas zu tun. Die Hälfte meiner Strümpfe hat Löcher, die Kragen meiner Hemden sind abgewetzt, die Hosen an den Stößen ausgefranst. Es war mir immer egal, wie ich aussah, ich pflegte mich gerade genug, um nicht aufzufallen, um unterzugehen in der Masse, um unsichtbar zu sein. Jetzt schäme ich mich für meine Erscheinung. Ich suche ein Hemd und eine Hose heraus, die noch einigermaßen intakt sind, und hänge beides an Kleiderbügeln an die Garderobe, mein Kostüm für einen Auftritt, den es vielleicht nie geben wird.

Das Telefon klingelt erst am Abend. Hallo, sagt Franziska nur, nachdem ich meinen Namen genannt habe. Ihre Stimme klingt sehr nah, viel näher als gestern. Was machst du gerade? Ich habe auf deinen Anruf gewartet, sage ich und versuche, es nicht vorwurfsvoll klingen zu lassen. Verzeih, sagt sie, ich hätte dir sagen sollen, dass ich erst am Abend kann. Ich war den ganzen Tag in der Stadt.

Der Gedanke, dass sie etwas unternimmt, herumfährt, Leute trifft, kränkt mich. Ich hätte mir gewünscht, sie sitze wie ich den ganzen Tag in ihrem Haus und denke an mich und freue sich auf unser Gespräch, stelle es sich vor, denke darüber nach, was sie mir erzählen möchte.

Ich will dich nicht einengen, sage ich, es geht mich nichts an, was du tust. Sie lacht erstaunt und fragt mit irritierter Stimme, warum sagst du das?

Jetzt muss sie mich für einen Verrückten halten, für einen Stalker, der alles von ihr wissen will, sie beobachtet, der zu einem Problem werden wird, wenn sie ihn nicht schleunigst loswird.

Verzeih, sage ich, ich rede Unsinn. Vielleicht habe ich etwas zu viel über uns nachgedacht. Über uns, sagt sie, das klingt seltsam. Und was machst du?, frage ich, um das Thema zu wechseln. Ich habe einen Pool, sagt sie. Ist das eine Tätigkeit? Sei nicht gemein, sagt sie, ich meine, ich sitze am Pool, trinke etwas, telefoniere mit einem Freund. Ich frage mich, ob sie im Badeanzug ist, aber ich traue mich nicht, sie zu fragen.

Unser Gespräch ist ernster diesmal, es läuft weniger gut, manchmal schweigen wir lange, wissen nicht, was sagen. Franziska erzählt von ihren Konzerttourneen, aber ich werde das Gefühl nicht los, dass wir eigentlich über etwas anderes reden, dass dieses andere Thema der Grundton unseres Gesprächs ist und unsere Worte nur Obertöne, nur Nebentöne, die mitschwingen.

Nach dem missglückten Anfang des Anrufs traue ich mich nicht, Franziska nach ihrem jetzigen Leben zu fragen, nicht ob sie an einer CD arbeitet, ob sie andere Projekte hat, Konzerte plant, nicht ob sie einen Freund hat. Es ist seltsam, sagt sie, du bist der Einzige, der mich Franziska nennt, nicht einmal meine Eltern nennen mich noch so. Dabei hast du mir doch meinen Künstlernamen gegeben. Soll ich dich Fabienne nennen? Nein, nein, sagt sie schnell, für dich bin ich Franziska, und das soll auch so bleiben. Was meint sie damit? Dass ich in der Vergangenheit bleiben soll, wo ich hingehöre? Dass Fabienne mich nichts angeht? Dass das Mädchen, dem ich damals die Liebe erklärte, schon längst nicht mehr existiert?

Nach vielleicht einer Stunde sagt Franziska, sie sei müde, sie habe einen langen Tag hinter sich. Sie schweigt. Wollen wir wieder telefonieren?, frage ich unsicher. Vielleicht morgen oder übermorgen, sagt sie, ich rufe bestimmt nicht vor acht Uhr abends an. Nicht dass du wieder den ganzen Tag im Haus sitzt und auf meinen Anruf wartest. Sie lacht noch einmal. Ich war sowieso zu Hause, sage ich. Schlaf gut, sagt sie.

Franziska ruft tatsächlich schon am nächsten Tag an. Diesmal stellt sie viele Fragen, will wissen, was ich die ganzen Jahre über gemacht habe, in denen wir uns nicht gesehen haben. Es klingt ein wenig, als hätte sie sich für den Anruf vorbereitet wie eine Journalistin auf ein Interview. Aber ich frage mich, weshalb. Was will sie von mir? Was will sie hören? Weshalb interessiert sie sich überhaupt für mich? Ich weiß gar nicht, was ich auf all die Fragen antworten soll.

Als ich ihr von meiner Arbeit erzähle, fragt sie, ob das interessant sei. Das habe ich mich nie gefragt, sage ich und muss lachen, wirklich nicht. Ich war nach dem Studium froh, die Stelle zu kriegen, und machte die Arbeit gern. Sie war nicht anstrengend und einigermaßen gut bezahlt und abwechslungsreich. Aber interessant war sie wohl nicht wirklich. Ich habe ja nichts Neues geschaffen, nur das, was andere gemacht haben, klassiert und eingeordnet.

Ich würde ihr gerne vom Dabeiseienden erzählen, Gott als der große Archivar, der unsere Akten nachführt, nicht um uns zu richten, nur damit nichts verloren geht. Das Universum als riesiges Archiv, das keinen anderen Zweck hat, als sich selbst abzubilden, ein unendliches Netz von Dingen und Wesen und Ereignissen, die alle miteinander verbunden sind und darin wir zwei, vollkommen bedeutungslos, aber nicht allein.

Bist du noch da?, fragt Franziska. Du hattest bestimmt viel mit Menschen zu tun, hilft sie mir. Eher oberflächlich, sage ich. Sie haben uns Aufträge erteilt, die wir erledigt haben. Aber inzwischen geht das alles elektronisch. Die Journalisten suchen sich ihr Material selbst heraus. Dokumentaristen werden kaum noch gebraucht. Sie fragt, was ich jetzt machte, was ich vorhätte, Fragen, die ich gefürchtet habe. Ich sage, ich hätte im Moment keine Stelle. Das Wort arbeitslos vermeide ich. Ich arbeite ja, und es war meine Entscheidung, mir keine neue Stelle zu suchen.

Ich erzähle Franziska vom Archiv in meinem Keller, auch wenn es mir jetzt, wo ich darüber spreche, so verrückt vorkommt, wie es für sie klingen muss. Sie scheint tatsächlich etwas sprachlos zu sein. Es ist ein riesiger Schatz sage ich, eine Welt für sich, in diesem Archiv stecken Zehntausende von Arbeitsstunden. Meine Mutter hat früher alles über mich gesammelt, sagt Franziska, jede Besprechung, jedes Porträt, jede Konzertankündigung. Irgendwann, als sie schon sehr alt war, hat sie mir alles gegeben, einen großen Karton voller Papier. Ich habe ihn auf den Dachboden gestellt. Sie scheint noch etwas sagen zu wollen, aber sie zögert, bevor sie weiterspricht. Würdest du das wollen? Eine Akte über dein Leben? Ich wollte eine erstellen, sage ich, aber dann habe ich es doch nicht gemacht. Egal, was ich hineingetan hätte, es wäre immer zu viel und zu wenig gewesen. Ich habe in den letzten Wochen oft nachgedacht über mein Leben, mehr als jemals zuvor, habe alte Briefe gelesen und sortiert, Fotos angeschaut, habe mich erinnert, aber ich bin mir nicht sicher, ob es mir gutgetan, ob es mich weitergebracht hat. Ich habe die Sedimente aufgewirbelt, jetzt sitze ich im Trüben und sehe gar nichts mehr.

Diesmal bin ich es, der zögert. Franziska stöhnt wieder, wie bei unserem ersten Anruf. Mein Rücken, sagt sie, es ist nichts. Tut dir nie etwas weh? Du bist doch auch nicht jünger als ich. Ich habe aufgehört, das Archiv weiterzuführen, sage ich. Erst vor ein paar Wochen. Einfach so?, fragt sie. Ja, einfach so.

Ich weiß noch nicht, was ich mit den ganzen Akten anfangen werde. Vielleicht werfe ich alles weg. Auch meine alten Sachen, Briefe, Fotos, Notizen. Und was machst du dann?, fragt Franziska. Ihre Stimme klingt besorgt. Etwas ganz Neues anfangen.

Meine Worte sind schneller als meine Gedanken. Ich habe nie ernsthaft daran gedacht, etwas Neues anzufangen, aber ich würde mich schämen, vor Franziska zuzugeben, dass ich kein Ziel in meinem Leben habe. Das klingt aufregend, sagt Franziska. Ich beneide dich ein wenig. Aber sie sagt auch, ich solle das Archiv nicht leichtfertig auflösen. Ich würde es gerne sehen, zeigst du es mir einmal? Natürlich, sage ich, du kannst mich jederzeit besuchen. Aber die Berge sieht man nicht von hier aus. Die Papierberge, sagt Franziska und lacht, pass nur auf, ich komme wirklich vorbei. Dann schlägt sie vor, was ich machen könnte, eine Kneipe eröffnen oder Klavier spielen lernen und sie auf ihren Tourneen begleiten. Du könntest Theologie studieren, sagt sie. Warum ausgerechnet Theologie? Pfarrer werden gebraucht und verdienen gut. Oder du wirst Lehrer, die braucht es auch immer. Ich muss mich ja nicht gleich heute entscheiden, sage ich. Oder Börsenmakler, sagt Franziska, oder du könntest Hühner züchten in deinem Garten oder Tauben.

Was machst du denn eigentlich?, frage ich, um sie in ihrem Eifer zu bremsen. Es war schon lange nichts mehr in der Presse über dich zu lesen. Hast du eine Akte über mich? Ja, natürlich, sage ich, das war nicht meine Idee. Du bist immerhin eine Person des öffentlichen Interesses. Ich wünschte, das wäre ich nicht, sagt sie und seufzt. Aber das hast du doch in der Hand. Bis zu einem gewissen Grad ja, sagt sie. Ich kann verhindern, dass mir die Journalisten ins Haus kommen oder bei meiner Hochzeit vor der Kirche stehen, aber ich kann sie nicht daran hindern, über mich zu berichten, zu spekulieren. Du hast doch gar nie geheiratet, sage ich.

Ich habe versucht, die Kontrolle zu behalten, sagt sie. Wenn ich Interviews gegeben habe, habe ich verlangt, die Zitate gegenzulesen, was aber auch nicht immer geklappt hat. Mehr konnte ich nicht tun.

Franziska steht einfach da zwischen den Regalen, zieht eine Mappe heraus, liest den Titel, schiebt sie zurück, nimmt eine andere, Menschliche Anatomie, Zytologie, Histologie, Humanphysiologie, persönliche Gesundheit und Sicherheit, Toxikologie. Kennst du all diese Kategorien auswendig? Ziemlich viele, sage ich. Nach so vielen Jahren. Aber es gibt Gebiete, die im Alltag kaum je vorkommen. Oder die eine Zeitlang in Mode sind und dann wieder verschwinden, als hätte sich nie ein Mensch damit beschäftigt. Die Chaostheorie, weißt du noch? Darüber haben in den neunziger Jahren alle geredet. Mandelbrotbäume, der Flügelschlag des Schmetterlings, der einen Orkan auslöst. Das interessiert heute niemanden mehr. Kybernetik, Nanotechnologie. Jetzt reden alle über künstliche Intelligenz wie schon einmal vor dreißig Jahren, aber auch das wird sich wieder legen.

Franziska tritt aus dem Zwischengang, dreht an der Kurbel, um ein Regal zu verschieben. Das Gewicht der Welt, sagt sie, als es mit einem dumpfen Geräusch in das benachbarte prallt. Sie tritt in den entstandenen Zwischenraum, nimmt das Bündel leerer Aktenmappen, das dort liegt. Die Geräusche des Wassers, Die Geräusche der Vögel im Flug, Der Geruch des Schlafes, Die Mittagsdämonen. Gibt es dazu nichts zu schreiben?

Das sind Akten, die ich neu angelegt habe und von denen ich nicht weiß, womit ich sie füllen und wo ich sie einordnen soll, sage ich. Das ist das Problem mit jedem Ordnungssystem, es gibt immer vieles, das nicht hineinpasst und durch die Lücken fällt. Ausgerechnet die Geräusche des Wassers, sagt sie und öffnet die Mappe. Aber hier ist ja sowieso nichts drin. Sie ist nicht leer, sage ich. Ich stelle mir immer vor, alles sei in diesen Mappen vorhanden, es sei nur nicht alles aufgeschrieben. Diese hier enthält alle Geräusche des Wassers, kannst du sie hören? Und wo hast du mich eingeordnet?, fragt Franziska und legt die Mappen zurück. Deine Akte liegt oben, sage ich, ich habe sie kürzlich durchgeschaut.

Dann hält Franziska ihre Akte plötzlich in der Hand, öffnet sie und blättert darin vor und zurück. Mein Leben, sagt sie und lacht, aber das ist ja alles nur Papier, das sind ja nur Worte. Sie fährt mit der Hand über die Zeitungs- und Magazinseiten, wischt die Schrift weg wie Staub, und zurück bleibt nur das leere Papier, weiße Blätter, vergilbte, fleckige, mit Spuren des Gebrauchs, zerknittert, an manchen Stellen zerrissen. Sie schließt die Mappe und legt sie weg und tritt ganz nah an mich heran. Das bin nicht ich, sagt sie, was in deiner Akte steht. Kein Wort davon ist wahr, kein Bild. Das bin nicht ich. Ich bin, die ich bin. Sie lacht. Ich bin die, die immer da ist.

In dieser Nacht schwimmen wir wieder gemeinsam im See, Franziska lockt mich in die Tiefe, tiefer als jemals zuvor. In Spiralen winden wir uns in die vollkommene Dunkelheit, sie weicht meinen Küssen aus, lächelt, komm mit mir. Irgendwann werden wir so tief abtauchen, dass ich den Weg zurück an die Oberfläche nicht mehr finde. Am Morgen bin ich völlig verschwitzt und erschöpft, als hätte ich überhaupt nicht geschlafen.

Dein erster Freund, sage ich. Heute hat Franziska erst um zehn Uhr abends angerufen, ich habe schon gedacht, sie meldet sich nicht mehr. Der, von dem du den Journalisten nicht einmal den Namen verraten hast. Wer war das? Franziska schweigt, ich weiß nicht, ob sie nachdenkt oder ob sie nicht antworten will. War ich das?, hake ich nach. Ich habe ihn nur erfunden, um in Ruhe gelassen zu werden, sagt sie schließlich. Aber hätte es ihn gegeben, dann wärst du es gewesen. Du bist übrigens nicht der Erste, der das wissen will.

Anita hatte sie gefragt. Und Franziska von unserer Beziehung erzählt. Warum hast du sie verlassen?, fragt sie. Ich habe sie nicht verlassen, es war von Anfang an nur eine Affäre, sage ich. Dafür hat es aber ganz schön lange gedauert. Ich sage, ich hätte ein schlechtes Gewissen gehabt. Ich war nie wirklich in sie verliebt und sie bestimmt auch nicht in mich. Bist du dir da so sicher?, fragt Franziska. Hast du jemals einer Frau gesagt, dass du sie liebst? Das müsstest du am besten wissen, sage ich. Das war vor vierzig Jahren, wir waren Kinder. Wir waren doch jede Woche in jemand anderen verliebt. Ich nicht, ich war immer nur in dich verliebt. Und es war vor neununddreißig Jahren. Und seither hast du es keiner Frau mehr gesagt?

Jetzt wäre der Moment, Franziska meine Liebe zu gestehen, aber ich tue es nicht. Sie kommt mir plötzlich sehr fremd vor, und ich ärgere mich über ihre Fragen und die Kritik, die darin versteckt ist. Ob ich sie überhaupt noch erkennen würde, wenn wir uns begegneten?

Vielleicht war ich mir einfach nie mehr sicher genug, sage ich. Eine Liebeserklärung ist doch kein Eheversprechen, sagt Franziska. Ich muss an das Interview mit ihr und ihrem Fußballer denken, in dem sie gesagt hatte, sie glaube nicht an Liebe auf den ersten Blick, aber sie empfinde eine große Liebe für ihren Partner. Und du hast jedem deiner Männer gesagt, dass du ihn liebst? Und hast sie alle geliebt, den Produzenten und den Fußballspieler und den Sänger und ich weiß nicht wen? Bis du mit dem nächsten ins Bett gingst? Ja, sagt Franziska mit sehr sachlicher Stimme, ich habe sie alle geliebt, und ich habe es ihnen gesagt. Und irgendwann war es vorbei. Nur mir konntest du es nicht sagen. Sie lacht. Was weißt du denn schon über mein Leben? Glaubst du tatsächlich an das, was in deinen Illustrierten steht, in deinen Akten? Das Leben besteht nicht aus Papier. Sie beginnt zu singen, ihre Stimme klingt spöttisch.

Si tu ne comprends pas qu'il te faut revenir
Je ferai de nous deux mes plus beaux souvenirs
Je reprendrai ma route, le monde m'émerveille
J'irai me réchauffer à un autre soleil
Je ne suis pas de celles qui meurent de chagrin
Je n'ai pas la vertu des femmes de marins …

Es ist lange still, dann sagt Franziska, die verlorene Zeit lässt sich nicht zurückholen, das solltest du eigentlich wissen. Schlaf gut. Bevor ich noch etwas erwidern kann, hängt sie auf.

Franziska hat sich nicht mehr gemeldet, und ich kann es ihr nicht verdenken. Ich würde sie gerne anrufen, um mich zu entschuldigen, aber ich habe sie nie nach ihrer Nummer gefragt, und im Display meines Telefons stand immer nur, unbekannter Anrufer. Ich sitze die ganzen Tage im Haus herum, ohne etwas zu tun, noch nicht einmal die Zeitungen hole ich aus dem Briefkasten, bis er überquillt. Auch im Haus oder im Garten mache ich nichts, ich bin wie gelähmt. Nur spazieren gehe ich noch. Ich gehe am Fluss entlang und versuche, die Erinnerungen an Franziska zurückzuholen, an sie zu denken, wie ich es vorher getan habe, aber vor die Bilder unserer gemeinsamen Zeit schieben sich die Hochglanzfotos aus der Akte, und ich höre die spöttischen Worte, die Franziska bei unserem letzten Telefongespräch für mich sang. Ich werde mich an einer anderen Sonne wärmen, ich gehöre nicht zu jenen, die sterben vor Gram, ich habe nicht die Tugend der Seemannsfrauen.

Es kommt mir vor, als habe sie mich ein zweites Mal von sich gestoßen, als habe sie ihre Zurückweisung erneuert wie andere Leute ihr Eheversprechen.

Die ganze Welt kommt mir verändert vor, der

Himmel wirkt weiter, die Luft transparenter, die Farben deutlicher. Sogar die Geräusche scheinen lauter geworden zu sein und zugleich bedrohlicher. Es ist fast wie bei meinem ersten Spaziergang vor zwei Monaten, als die Fülle meiner Wahrnehmungen mich berauschte und ängstigte.

Heute am Fluss musste ich daran denken, dass ich in den glücklichsten Momenten meines Lebens immer allein war. Eigentlich ist das ein trauriger Gedanke. Aber weshalb? Weil ich mir selbst genüge? Früher habe ich viel gelesen, habe mehr in erfundenen Welten gelebt als in der wirklichen. Inzwischen erschaffe ich mir meine Welt selbst. Meine Phantasie hat mir alles gegeben, was ich mir wünschen konnte. Die Realität vermochte nie mitzuhalten. Es blieb nur immer ein Rest von Zweifel, ob ich einen Pakt mit dem Teufel geschlossen hatte, ob dieses Leben in der Vorstellung genügte, in der mir alles leichtfiel, mir alles gelang, in der Franziska mich liebte, in der wir zusammen waren. Es gab immer Momente der Klarheit wie heute am Fluss, in denen ich ahnte, dass die Realität viel mehr sein könnte, viel reicher und intensiver als jede Vorstellung es war. Das sind die glücklichsten und zugleich die traurigsten Momente meines Lebens, Glück, das sich wie Unglück anfühlt, oder Unglück, das sich wie Glück anfühlt. Es ist dasselbe. Dann wird mir bewusst, was Leben sein könnte, aber auch, wie wenig ich mich darauf eingelassen habe. Würde mich jemand vermissen, wenn ich nicht mehr da wäre? Die paar Leute, die mir noch Geburtstags- und Weihnachtskarten schreiben? Nicht einmal sie. Wenn sie irgendwann auf meine Todesanzeige stoßen, werden sie mit einem letzten Gedanken an mich meinen Namen aus ihrer Adresskartei streichen, und es wird sein, als hätte ich nie gelebt. Ich bin immer nur der Dabeiseiende gewesen. Ich bin da gewesen, der ich immer da gewesen bin. Ich bin, der ich bin. Eine Leerstelle.

In dieser Woche regnet es oft und so stark, dass an Spazierengehen nicht zu denken ist. Um der Leere des Hauses zu entkommen, fahre ich mit dem Auto ziellos in der Gegend herum. Manchmal halte ich zwischen zwei Ortschaften an, parke den Wagen an einem Waldrand oder auf einem Feldweg und starre in die Landschaft. Ich schalte die Scheibenwischer aus, und der Regen schließt mich ein. Einmal merke ich, dass ich ganz nah an Franziskas Wohnort bin. Ich parke wieder am Waldrand, schaue auf den See hinunter. Die Berge sind von Wolken verhangen, die selbst wie ein sich dauernd veränderndes Gebirge aussehen, als hätte die Zeit sich beschleunigt, in der Berge entstehen und vergehen.

Ich denke an die Menschen, die hier vor Urzeiten gelebt haben, die ersten Menschen, die wer weiß woher kamen und Pfahlbauten errichteten am Ufer des Sees. Sie fischten, jagten in den Wäldern, sammelten Pilze und Beeren. Sie woben Stoff und machten Töpfe und Werkzeuge von überraschender Qualität und Schönheit. Sie legten Vorräte an für den Winter. Bestimmt machten sie sich Sorgen, ob die Vorräte reichen würden, ob der Schnee früh kommen und das Sammeln von Brennholz schwierig machen würde. Wie furchtbar und wie schön muss die Welt damals gewesen sein, als noch alles nur das war, was es war, eine Hütte, eine Feuerstelle, ein Mühlstein, ein irdener Topf, ein Fischernetz.

Vor einigen Jahren ist bei einer Grabung in Ufernähe das Skelett einer jungen Frau gefunden worden, die vor sechstausend Jahren im See ertrunken sein muss, das hat mich mehr angerührt als all die spektakulären Funde von Werkzeugen und Waffen und Töpferei. Vielleicht war die junge Frau schwimmen gegangen wie Franziska und ich, vielleicht mit ihrem Geliebten oder in Gedanken an ihn. Sie muss einen Namen gehabt haben, eine Familie, ein Leben. Vielleicht war sie störrisch oder sanft oder leidenschaftlich. Vielleicht war sie schön. In der Zeitung war ein Foto ihres Schädels zu sehen, der jetzt wohl konserviert im Lager eines Forschungszentrums oder eines Museums liegt, alles, was von der jungen Frau übrig geblieben ist, nichts.

Ich fahre weiter, halte vor Franziskas Haus. Es

sieht genauso aus, wie ich es mir vorgestellt habe, nur etwas kleiner und mitgenommen von der Zeit. Habe ich irgendwo ein Bild davon gesehen? Oder hat Anita es mir damals beschrieben? Von der Straße aus sieht man tatsächlich nur den Eingang und eine hohe Eibenhecke. Ich stelle mir vor, Franziska schaue aus einem der Fenster und bemerke mich, winke mich heran. Sie steht in der Tür, sie ist barfuß und trägt eine Art Kimono. Es tut mir leid, sagt sie, ich wollte dich nicht verletzen. Ich muss mich entschuldigen. Sie schüttelt den Kopf, schaut zu Boden, und ich trete zu ihr und umarme sie. Lange stehen wir so da, ich spüre die Wärme ihres Körpers durch den seidenen Stoff, ihr Haar in meinem Gesicht. Der Regen rauscht … Ich muss aufhören damit, ich habe es laut gesagt und erschrecke selbst ein wenig ob meiner Stimme. Ich muss aufhören damit.

Ich sitze im Auto, die Umgebung verschwimmt im Regen, der über die Frontscheibe läuft. Die Fenster sind von innen beschlagen, und ich öffne das Seitenfenster ein wenig. Das Trommeln des Regens auf das Autodach, das helle Geräusch des Wassers, das in kleinen Bächlein die Straße herunterrinnt, das Gurgeln, wenn es in der Kanalisation verschwindet. Das Rauschen des Verkehrs von der nahe gelegenen Durchgangsstraße. Ein tiefes Brummen und dazwischen ein Zischen und Rumpeln, die Müllabfuhr fährt vorbei, zwei Männer in orangefarbener Regenkleidung werfen die Müllsäcke in die Öffnung im Heck. Vor Franziskas Haus steht kein Müll.

Die Kirchglocken sind zu hören, elf Uhr, vielleicht eine halbe Stunde später kommen ein paar Kinder die Straße hoch, kleinere mit grellfarbenen Leuchtwesten und ältere mit Rucksäcken, einige schieben Fahrräder den Berg herauf und an meinem Auto vorbei. Etwas weiter oben bleiben zwei Teenager stehen, ein Junge und ein Mädchen. Sie unterhalten sich, ich beobachte sie bestimmt zehn Minuten lang, bevor das Mädchen auf die Uhr schaut, ein erschrockenes und zugleich belustigtes Gesicht macht, etwas sagt und mit schnellen Schritten in die Seitenstraße abbiegt. Der Junge schaut ihr einen Moment zu lange nach, dann schiebt er sein Fahrrad weiter den Berg hoch. Ob er verliebt ist in sie? Ob er es ihr sagen wird? Ob sie irgendwann zusammenkommen oder sich aus den Augen verlieren werden, wenn das Leben sie auseinandertreibt?

Während der Mittagszeit ist es ganz still im Viertel, auch der Verkehr auf der Durchgangsstraße ist fast zum Erliegen gekommen. Die Sonne hat kurz durch die Wolken geschienen und hat die nasse Fahrbahn aufglänzen lassen, dann hat sich die Wolkendecke geschlossen, und etwas später fängt es wieder zu regnen an.

Ich habe seit dem Frühstück nichts gegessen, aber

ich habe keinen Hunger, nur auf die Toilette müsste ich, aber ich will meinen Beobachtungsposten nicht verlassen. Einmal geht beim Eingang von Franziskas Haus das Licht an. Es ist nur eine Katze, die den Bewegungsmelder ausgelöst hat und sich beleidigt verzieht. Ich wundere mich, dass das Licht tagsüber angeht, vielleicht fürchtet Franziska sich vor Eindringlingen? Ich frage mich, ob sie eine Alarmanlage hat, Überwachungskameras?

Kurz vor vier hält ein Auto vor dem Haus, und Anita steigt aus und springt mit schnellen Schritten die Außentreppe hoch. Im Schutz des Vordachs sucht sie in ihrer Tasche nach dem Schlüssel. Sie hat sich kaum verändert, seit wir zusammen waren, eigentlich nicht, seit wir zur Schule gegangen sind. Sie hat den Schlüssel gefunden, schließt die Tür auf und verschwindet im Haus.

Ich zögere lange, aber es ist meine einzige Chance, etwas über Franziska zu erfahren. Ich klingle. Nichts geschieht. Ich klingle zweimal, vielleicht macht Anita auf, wenn sie glaubt, es sei der Briefträger oder ein Kurier. Tatsächlich öffnet sich die Tür kurz darauf, und Anita starrt mich an. Was machst du denn hier?

Ich wollte mich bei Franziska entschuldigen, sage ich. Wir haben … Ich weiß, unterbricht sie mich abweisend, sie hat es mir erzählt. Sie ist nicht hier. Anita macht Anstalten, die Tür zu schließen, aber als ich mich nicht von der Stelle rühre, öffnet sie

sie wieder. Willst du reinkommen?, fragt sie, und ihre Stimme klingt freundlicher. Warst du schon mal hier? Ich schüttle den Kopf und folge ihr in ein helles Entrée, das erstaunlich konventionell, fast ein bisschen langweilig möbliert ist. Magst du Kaffee?, fragt sie und führt mich in eine Wohnküche, von der aus man den Garten sehen kann, den See und die in Wolken gehüllten Berge. Franziska hätte bestimmt nichts dagegen, dass du da bist. Sie mag dich nämlich wirklich, obwohl du sie beleidigt hast. Wo ist sie?, frage ich. Sie musste für ein paar Tage verreisen, sagt Anita ausweichend.

In der Zwischenzeit hat sie zwei Tassen Kaffee aus der Kapselmaschine gelassen und mir eine gereicht. Wenn du schon dabei bist, sagt sie lachend, könntest du dich bei mir ja auch gleich entschuldigen, weil du dich nie mehr gemeldet hast. Es tut mir leid, sage ich, die letzten Jahre waren eine schwierige Zeit für mich. Vorbei ist vorbei, sagt Anita. Soll ich dir das Haus zeigen?

Ich frage mich, was Franziska dazu sagen würde, aber Anita kann nicht widerstehen, mich durch das Haus zu führen, als gehöre es ihr. Es ist fast rührend, wie begeistert sie von allem ist, von den vier Bädern, der runden Badewanne, all den Küchenmaschinen und dem kleinen schalldichten Studio im Keller. Franziska hat gemeint, ich könne hier wohnen, während sie weg ist, sagt Anita, es sei ihr lieber, wenn das

Haus nicht leer steht. Aber das ist mir zu umständlich. Ich bin nur gekommen, um die Pflanzen zu gießen. Meine Wohnung ist ja auch nicht schlecht. Immer noch dieselbe?, frage ich. Ja, aber mein Sohn ist inzwischen ausgezogen. Es war langsam an der Zeit. Bist du mit jemandem zusammen?, frage ich. Sie zuckt mit den Schultern. Und du? Aber sie scheint gar keine Antwort zu erwarten.

Sie führt mich hinaus in den Garten. Er ist ziemlich groß. Direkt neben dem Haus gibt es einen gemauerten, von Granitplatten eingefassten Pool, dahinter folgt eine abfallende Rasenfläche, auf der seitlich ein mächtiger Ahornbaum steht. Die dunkle Eibenhecke umrahmt das Gelände und schützt den Garten vor fremden Blicken, ohne die Aussicht zu versperren.

Den Pool würde ich schon nehmen, sagt Anita. Jedes Mal, wenn ich hier bin, springe ich schnell rein. Hast du Lust? Das Wasser ist gar nicht kalt. Ich habe keine Badehose dabei, sage ich. Man sieht von der Straße nicht herein. Anita lacht wieder. Das habe ich immer an ihr gemocht, wie oft sie lacht, wie unbeschwert sie ist, ohne oberflächlich zu sein. Na, komm!, sagt sie. Sie zieht sich aus.

Wir stehen nackt voreinander. Mir ist kalt, und es regnet immer noch ein wenig. Anita nimmt mich bei der Hand, und gemeinsam steigen wir ins Wasser, das wirklich wärmer zu sein scheint als die Luft.

Wir bleiben nicht lange drin, es ist eher ein Ritual, als dass wir baden wollen. Ich folge Anita aus dem Wasser und hinein ins Haus. Ich habe mich selten zuvor so nackt gefühlt. Vor dem Gästebad sagt Anita plötzlich, nein, nimmt mich wieder bei der Hand und führt mich in Franziskas Bad. Wir duschen gemeinsam, trocknen uns mit Franziskas Handtuch ab, liegen in ihrem Bett, in der Bettwäsche, in der sie noch vor wenigen Tagen geschlafen haben muss. Es scheint uns beide zu erregen, ohne dass ich recht weiß, weshalb.

Anita hat die Decke über uns gezogen, ihr Mund ist ganz nah an meinem Ohr. Es macht nichts, wenn du mich nicht liebst, flüstert sie, es ist ja nicht deine Schuld. Und wieder lacht sie. Wir haben uns beide die Falschen ausgeguckt, nicht wahr? Und was machen wir jetzt?

Als ich erwache, dämmert es schon. Ich liege allein im Bett. Ich stehe auf und gehe in die Küche. Anita sitzt am Küchentisch, vor sich eine Tasse Tee. Ich könnte etwas Stärkeres brauchen, sage ich. Whisky? Gin?, fragt sie. Ich schaue auf die Uhr, es ist fünf. Kaffee, sage ich und bediene mich selbst. Anita nippt an ihrem Tee, scheint etwas sagen zu wollen, nimmt noch einen Schluck. Verdammt, sagt sie, ist der heiß. Wo ist Franziska?, frage ich. Im Krankenhaus, sagt sie. Sie hat schlimme Rückenschmerzen und wollte das mal abklären lassen. Sie haben Angst, es könnte etwas mit dem Krebs zu tun haben.

Ich weiß nicht, was sagen. Einen Moment lang empfinde ich einen wilden Zorn und bin nahe daran, Anita zu schlagen oder mich selbst, aber der Zorn verfliegt so schnell, wie er gekommen ist. Vielleicht war sie deshalb ein bisschen empfindlich, als ihr telefoniert habt, sagt Anita. Warum hat sie denn nichts gesagt?, sage ich leise. Du kennst sie doch, sagt Anita. Ich hole sie morgen, nein, das ist ja schon heute Nachmittag ab. Ich hoffe, die Ärzte haben herausgefunden, was es ist.

Anita verschwindet und kommt kurz darauf mit der Bettwäsche und dem gebrauchten Handtuch zurück. Ich muss noch waschen und hier ein wenig aufräumen, sagt sie. Vielleicht gehst du jetzt besser.

Beim Abschied kommt es mir vor, als schämten wir uns beide für das, was wir getan haben. Wir müssen uns nicht schämen, sagt Anita, als hätte sie meine Gedanken erraten. Ich rufe dich an.

Franziska steht auf der Bühne, sie singt ein Chanson von Barbara. Ihr ganzer Körper bebt von der Anstrengung und vor Emphase. Ich stehe hinter der Bühne, beobachte sie. Die Musik ist zu Ende, sie lässt den Kopf fallen, das Publikum applaudiert. Sie rennt von der Bühne, umarmt mich, sie würde jeden umarmen, der hier steht. Der Applaus hört nicht auf, und sie muss zurück ins Rampenlicht. Ich kann sie fast nicht sehen, so hell leuchten die Scheinwerfer.

Es ist Nacht, ich fahre sie zum Hotel, es regnet. Die Scheibenwischer quietschen. Franziska lehnt sich im Sitz zurück. Ich schaue kurz zu ihr hinüber. Sie hat die Augen geschlossen, sie sieht vollkommen glücklich aus, aber auch erschöpft.

Wir liegen im Bett, sie schmiegt sich im Halbschlaf an mich, ich spüre die Wärme ihres Körpers, rieche den Geruch ihres Haares, ihres Parfüms, ich küsse die feinen Härchen in ihrem Nacken.

Wir sind am See, es hat geregnet, niemand sonst ist da. Wir ziehen uns aus, Franziska hat mir den Rücken zugewandt. Als sie ganz nackt ist, dreht sie sich um, steht für einen kurzen Moment nur da und zeigt sich mir. Dann beugt sie sich nieder, um ihren Badeanzug aus der Tasche zu holen.

Wir schwimmen im See, die Sonne steht tief, und das Wasser glitzert schwarz im Gegenlicht. Franziska taucht ab, ich folge ihr hinunter in die Stille. Wir küssen uns, ich atme die Luft ein, die sie ausatmet, sie atmet die Luft ein, die ich ausatme. Wir wachsen zusammen, wir sind ein Organismus, ein achtbeiniges Wesen, das in die Tiefe sinkt, immer tiefer und tiefer.

Die Mappen aus Pappe müssen vom Papier getrennt entsorgt werden, also muss ich jede einzelne Akte in die Hand nehmen, sie leeren und dann Inhalt und Mappe in separate Behälter geben. Sogar Büroklammern entferne ich und sammle sie getrennt. Der Aufbau des Archivs hat so viel Mühe gekostet, auch seine Auflösung muss mit Sorgfalt in Angriff genommen werden. Obwohl ich den Keller regelmäßig geputzt habe, wirbelt die Arbeit viel Staub auf, und ich muss immer wieder Pausen machen, um an die frische Luft zu gehen. Das Wetter ist wärmer geworden, nur von Zeit zu Zeit regnet es noch. Der Garten erscheint mir schöner als jemals zuvor, der Flieder blüht, auch die Päonien blühen schon. Heute ist Franziskas Geburtstag. Ich bringe ihr in Gedanken Blumen, einen riesigen Strauß Pfingstrosen.

Manche Akten blättere ich durch, bevor ich sie wegwerfe. Es gibt viele nichtssagende Artikel, Doppelspurigkeiten, ein Journalist hat vom anderen abgeschrieben. Das Archiv hat sich selbst genährt, ein endloses Widerkäuen von Fakten, deren Wahrheitsgehalt oft zweifelhaft ist. Aber was einmal in der Zeitung stand, wird zur Wahrheit, bekommt ein Gewicht, und wer zitiert, kann nichts falsch machen. Besonders die Berichte über Persönlichkeiten sind oft kaum brauchbar, so lückenhaft sind sie und so wenig sagen sie aus über das, was einen Menschen ausmacht. Trotzdem bin ich versucht, die eine oder andere Akte zu behalten, aber ich habe es mir verboten. Das Archiv muss vollständig aufgelöst und aus meinem Leben entfernt werden, zu groß ist die Gefahr, dass es sonst wieder zu wuchern beginnt.

In der Garageneinfahrt steht ein Container, den ich bestellt habe und der sich langsam füllt mit Papier, mit Artikeln und Fotografien. Vielleicht werde ich einen zweiten brauchen.

Obwohl ich mir Zeit lasse, dauert es keine Woche, das Archiv aufzulösen. Wie um mich selbst zu überlisten, habe ich Franziskas Akte oben in meinem Büro liegen lassen, aber auch sie muss weg. Ich blättere sie noch einmal durch, betrachte die wenigen Fotos darin, auf denen Franziska aussieht wie in meiner Erinnerung, ein Schnappschuss von einer Party nach einem Konzert, ein Foto von einer Preisverleihung, eines von einem Interviewtermin mit einer Lokalzeitung, als sie nicht darauf gefasst war, fotografiert zu werden. Seltsam, dass sie auf den schlechtesten Fotos am besten zu erkennen ist. Dann werfe ich alles in den Container zu den anderen Papieren, es fällt mir ganz leicht. Das Einzige, was ich behalte, sind die leeren Mappen, die ich beschriftet aber nie gefüllt habe, Die Geräusche des Wassers, Die Geräusche der Vögel im Flug, Der Geruch des Schlafes, Der Dabeiseiende und einige andere mehr.

Ich liege im Bett, habe die Augen geschlossen. Ich bin nicht sicher, ob ich wache oder träume. Ich gehe mit Franziska durch die Stadt, viele Leute sind unterwegs, kaufen ein, reden, sitzen in Gartenlokalen, spazieren wie wir, es sieht aus wie eine Modellbaulandschaft. Wir schauen uns an, wir sind glücklich. Wir wollen die Straße überqueren, die Autos halten an. Ich bedanke mich mit einer Handbewegung, da sehe ich, wie sie sich in Luft auflösen, auch die Motorräder, die Roller und die Fahrräder. Die Straßenbeleuchtung verschwindet, die Ampeln, die Verkehrszeichen. Die Häuser links und rechts der Straße werden immer durchsichtiger, bis sie gar nicht mehr zu sehen sind, auch die Bäume und die übrigen Pflanzen, der Rasen in einem Vorgarten, die Büsche und Blumen. Der Hund, den eine Frau an der Leine geführt hat, ist plötzlich weg, die Leine hängt leer in ihrer Hand. Eine Katze verschwindet ebenso wie die Vögel, die sie belauert hat, und endlich die anderen Menschen, die Passanten, die Verkäuferinnen, die Handwerker und Kellnerinnen, die Kinder, einer nach dem anderen verschwindet, als gingen sie durch eine unsichtbare Tür ins Nichts. Nur noch wir zwei bleiben übrig, wir halten uns an den Händen, Franziska lacht, aber mir ist nicht nach Lachen zumute. Über uns lösen sich die Wolken auf, der Himmel, die Sonnenscheibe scheint zu wachsen, bis sie alles umfasst, ein einziges Gleißen. Dann verschwindet auch der Boden, auf dem wir stehen, um uns ist nichts mehr, aber wir fallen nicht. Überall, wo etwas war, bleibt nur eine weiße Leere zurück, es kommt mir vor, als bewegten wir uns auf einem leeren Blatt Papier.

Am Morgen weckt mich der Laster, der den Container auflädt und abtransportiert, ich höre das Zischen der Hydraulik und die harten, bauchigen Schläge von Metall gegen Metall, aber ich bleibe im Bett liegen, ich will nicht zuschauen, wie mein Werk entsorgt wird.

Ich stehe spät auf, mache mir Kaffee und gehe in den Keller. Als ich die leeren Regale zur Seite rolle, um Platz zu schaffen, tauchen darunter ein paar Artikel auf, die meiner Säuberungsaktion entgangen sind, ein Text über die Überwinterung von Kakteen, einer über die Eröffnung des Gotthard-Straßentunnels aus den achtziger Jahren und ein ganz neuer zum fünfzigsten Todestag von Mark Rothko, der mit einem seiner Bilder illustriert ist. Auch diese Blätter wandern ins Altpapier. Dann sauge ich den Kellerboden und staube die leeren Regale ab. Die Akustik des Raumes hat sich verändert, der Staubsauger dröhnt viel lauter als sonst, und meine Schritte erzeugen einen Hall, den es vorher nicht gegeben hat.

Ich empfinde ein überwältigendes Gefühl der Leere, ohne dass ich sagen könnte, ob es positiv oder negativ ist. Es ist eine Mischung aus Trauer und

Leichtigkeit, wie ich sie oft bei Verlusten empfunden habe, die mich zugleich schmerzten und befreiten.

Jetzt gibt es nur noch meine Geschichte, die Akte, die mein Leben ist und die mir plötzlich viel größer, viel wichtiger erscheint, wo alle anderen verschwunden sind. Was gibt es noch zu sagen?

Anita hat sich nicht mehr gemeldet, und ich bin nicht unglücklich darüber. Aber zehn Tage nach meiner Begegnung mit ihr ruft Franziska an. Ich frage mich, ob sie weiß, dass ich in ihrem Haus gewesen bin und was dort geschehen ist. Sie äußert sich nicht dazu. Auch ihren Krankenhausaufenthalt erwähnt sie nicht, sie sagt nur, sie würde sich freuen, wenn unser Treffen doch noch zustande käme. Das Wetter solle ja wieder besser werden, und wir könnten im Garten sitzen. Sie sei immer zu Hause, ich könne kommen, wann ich wolle, aber es müsse noch diese Woche sein, ab Montag habe sie eine Therapie und möchte lieber niemanden treffen. Wir verabreden uns für den übernächsten Tag.

Franziska hat geklungen wie bei unseren letzten Anrufen. Ich weiß nicht, was ich erwartet habe. Eine Kranke, eine Versehrte, eine gebrochene Frau? So würde sie sich mir nie zeigen. Schon, als ich sie im Schlaf betrachtete, hatte ich das Gefühl, etwas Verbotenes zu tun.

Es könnten die ersten Tage meines Lebens sein. Das

Archiv ist weg, das Haus geputzt und aufgeräumt. Ich spiele sogar mit dem Gedanken, es zu verkaufen und wegzuziehen. Ich werde Franziska wiedersehen nach fast dreißig Jahren, etwas Altes könnte abgeschlossen werden, etwas Neues beginnen.

Als Anita sagte, wir hätten uns beide in die Falschen verliebt, hatte ich nur an Franziska und mich gedacht. Jetzt erst beginne ich zu begreifen, dass unsere Beziehung für sie wichtiger war als für mich. Vielleicht liebte sie mich die ganze Zeit, so wie ich Franziska liebte. Warum hat sie dann nichts gesagt? Aber was hätte es geändert? Was ändert es, wenn ich Franziska sage, dass ich sie liebe, dass ich sie immer geliebt habe?

Am nächsten Tag gehe ich in die Stadt, um mir neue Kleidung zu kaufen. Am liebsten hätte ich etwas aus einem Katalog bestellt, wie ich es sonst meistens tue, aber die Zeit ist zu knapp, und ich will nicht in meinen alten Sachen vor Franziska treten. Ich gehe gleich nach Ladenöffnung und habe Glück, ich bin der einzige Kunde im Geschäft. Nicht einmal die übertrieben gut gelaunte Art des jungen Verkäufers stört mich. Er verkauft mir zwei Hosen, drei Hemden und ein Freizeitjackett. Als ich mich im Spiegel betrachte, komme ich mir verkleidet vor, aber der Verkäufer versichert mir, das trage man jetzt so, ich sähe gut aus.

Auf dem Heimweg komme ich an einem Friseursalon vorbei, vor dem zwei leere Kinderwagen stehen, aber weit und breit ist kein Mensch zu sehen, keine Mutter und kein Kind. Ich entschließe mich, mir die Haare schneiden zu lassen.

Auch die Friseurin scheint bester Laune zu sein. Sie versucht immer wieder, mich in ein Gespräch zu verwickeln, aber es ist vor allem sie, die spricht. Sie erzählt mir von ihren Skiferien in Österreich, von der Zeit, in der der Salon geschlossen bleiben musste, von ihrem Freund, der ebenfalls Friseur sei und wie sie zwei Monate nicht arbeiten konnte. Manchmal sei ihr zu Hause die Decke auf den Kopf gefallen, sagt sie, während sie meine Haare wäscht und mir den Kopf massiert. Ich hätte meinen Freund zum Teufel jagen können. Sie lacht. Sie fragt mich nach all den Dingen, die ein Leben ausmachen, was ich arbeitete, was meine Hobbys seien, wo ich wohnte, ob ich Kinder hätte, wo ich in den Ferien gewesen sei? Lauter Fragen, die ich nicht beantworten kann. Ich erzähle ihr irgendetwas. Als sie endlich fertig ist, gebe ich ihr ein viel zu hohes Trinkgeld und verlasse fluchtartig den Salon.

Noch hat mein neues Leben nicht begonnen, und schon vermisse ich mein altes, die Ruhe, die Regelmäßigkeit meiner Tage, die Ereignislosigkeit. Franziska zu treffen macht mich nervös, und ich frage mich, ob ich ihren Vorstellungen von einem guten Leben überhaupt gewachsen wäre? Bestimmt wird sie wieder Konzerte geben, reisen, Menschen treffen. Schon in der Schule war sie nie zur Ruhe gekommen, hatte viele Freunde gehabt, Sport getrieben, Musik gemacht. Ich war bestimmt nicht der Einzige, der in sie verliebt war, nur der Ausdauerndste. Im Nachhinein frage ich mich, was sie jemals an mir fand, was unsere Freundschaft für sie bedeutete. Damals hatte ich mich das nicht gefragt, ich war verliebt und dachte nur an mich selbst, an meine Wünsche und mein Begehren. Jetzt muss ich mir eingestehen, was für ein sonderbares Paar wir abgäben, der Schlagerstar und der Eigenbrötler, die Schöne und das Biest. Aber nur im Märchen wird aus dem Biest ein Prinz.

Komm doch außen herum, höre ich Franziskas Stimme durch die Gegensprechanlage. Ich bin gleich bei dir.

Ich gehe am Haus entlang und finde hinter der Eibenhecke ein kleines Tor, das in den Garten führt und das ich bei meinem ersten Besuch nicht bemerkt habe. Es ist ein sonniger, aber kühler Tag. Der Wind lässt die Blätter des Ahorns rauschen. Noch bevor ich mich an den Tisch setzen kann, sehe ich, wie die Abdeckung des Pools mit einem leisen Summen zur Seite gleitet. Dann tritt Franziska aus dem Haus, es ist ihr Auftritt. Sie trägt ein kurzes Sommerkleid und hochhackige Schuhe und kommt mir nicht weniger verkleidet vor als ich mir selbst. Auf den ersten Blick hat sie sich kaum verändert, erst als sie näher tritt, sehe ich, dass die Jahre ihre Spuren hinterlassen haben. Vielleicht sind es die Fältchen um die Augen, die auch die Schminke nicht verdecken kann, vielleicht ist es ihre Haltung, die Art, wie sie sich bewegt, die ihr Alter verraten. Sie lächelt wie auf den Fotos in den Magazinen, macht eine seltsame Bewegung, eine Art Verbeugung und sagt, gut siehst du aus, du hast dich kaum verändert. Das hatte ich sagen wollen, entgegne ich, und sie lacht. Wir haben uns wohl beide ganz gut gehalten. Willst du etwas trinken?

Sie verschwindet im Haus, um Kaffee und Wasser zu holen, dann setzt sie sich endlich mir gegenüber, lehnt sich ein wenig zurück, lächelt wieder, aber anders diesmal, sie scheint jetzt mehr sie selbst zu sein.

Es dauert bestimmt eine halbe Stunde, bis wir aufhören, in Floskeln zu sprechen und zur Leichtigkeit zurückfinden, mit der wir uns am Telefon unterhalten haben. Kriegst du immer noch Heiratsanträge?, frage ich. Ich habe lange keinen bekommen, sagt sie, es wäre wieder mal an der Zeit.

Es ist doch kühler, als wir gedacht haben, und nach einiger Zeit wechseln wir ins Haus und setzen uns am großen Wohnzimmertisch gegenüber wie vorher am Gartentisch. Wir sprechen über Jugendtage, erinnern uns an Dinge, die wir zusammen unternommen haben, an alte Freunde und Lehrer. Willst du noch etwas trinken?, fragt sie, und ich bin nicht sicher, ob das eine höfliche Aufforderung zu gehen ist. Es tut mir leid, was ich am Telefon gesagt habe, sage ich. Deine Beziehungen gehen mich nichts an. Sie antwortet nicht, schaut mich nur an. Ich habe dich geliebt, sage ich, mein Leben lang. Franziska sagt immer noch nichts. Sie sitzt da und rührt sich nicht, wie eine Schauspielerin, die ihren Text vergessen hat und nicht weiß, was von ihr erwartet wird. Jetzt müsste ich sagen, ich liebe sie immer noch, aber ich bin mir nicht sicher, ob das stimmt, ob sie es ist, die ich liebe, oder meine Erinnerungen an sie. Sie steht auf und kommt um den Tisch herum zu mir. Hinter meinem Stuhl bleibt sie stehen und umarmt mich und legt ihren Kopf an meinen, ohne etwas zu sagen. Etwas in mir wehrt sich dagegen, aber dann stehe auch ich auf, und wir umarmen und küssen uns.

Das war schön, sagt Fabienne, aber ich spüre, dass etwas nicht stimmt. Ich knie zwischen ihren Beinen, betrachte ihren nackten Körper, sie sieht jetzt viel jünger aus als vorhin im Garten, verletzlicher, unsicher. Ja, sage ich, das war schön. Ich habe lange mit keinem Mann geschlafen, sagt sie, ich bin ein bisschen aus der Übung. Und … Sie zeigt auf ihre operierte Brust und spricht nicht weiter. Aber das ist es nicht. Du bist wunderschön, sage ich, beuge mich über sie und küsse ihren Bauch, ihre Brüste, ihre Kehle.

Wir haben uns geliebt, aber es ist mir vorgekommen, als habe das alles nichts mit meiner Liebe zu tun, nichts mit Franziska und mir. Wir waren eine Frau und ein Mann in einem schummrigen Zimmer auf einem zu weichen Bett. Wir hatten Sex wie irgendein Paar, das sich zum ersten Mal liebt. Ihre Hände und Arme, ihre Schultern, die Vertiefungen unter den Schlüsselbeinen, ihre kleinen Brüste und ihre etwas fülliger gewordenen Hüften, Leberflecken, Härchen, ein Pickel an einer unerwarteten Stelle, ihr Geruch, die Zartheit ihrer Haut, ihr Schamhaar. Wie sie sich bewegt, sich hingibt, sich nimmt, was sie will. Ihr Flüstern und Lachen, ihr Stöhnen und wie sie kommt, einen Moment lang weit weg ist, und sich dann, immer noch heftig atmend, auf mich sinken lässt, lacht, mir etwas ins Ohr flüstert. Das war schön. Ja, sage ich, das war schön.

Sie hat sich umgedreht, ich streichle ihren Rücken. Hast du einen Sonnenbrand? In ihrem Kreuz ist die Haut gerötet, ein scharf abgegrenztes Rechteck, mich wundert, dass mir das nicht früher aufgefallen ist.

Als wir Kinder waren, verteilte ein Sonnencremehersteller Blumen, die man sich auf die Haut kleben konnte, sagt Fabienne, erinnerst du dich? Damit sie sich an diesen Stellen nicht bräunte. Bei mir ist es gerade umgekehrt. Sie dreht sich wieder auf den Rücken, als wolle sie den Anblick vor mir verbergen, und ich lege mich neben sie. Mir ist kalt, sagt sie, ich habe ein paar Kilo abgenommen in den vergangenen Monaten, ich habe in letzter Zeit keinen rechten Appetit.

Sie zieht die Decke über uns, dann schmiegt sie sich mit dem Rücken an mich, und ich umarme sie. Es scheint mir, als seien wir uns jetzt näher als zuvor, als wir uns liebten. Ich spüre, dass sie etwas sagen will, es fühlt sich an, als bewege der Gedanke ihren ganzen Körper.

Vielleicht schätzt du die Liebe zwischen Mann und Frau höher ein als ich, sagt sie endlich. Ich hatte immer Angst vor deiner Liebe. Ich hatte Pläne, wollte singen, auftreten, erfolgreich sein. Da war kein Platz für eine bedingungslose Liebe, die am Ende doch immer weh tut. Die Männer, mit denen ich zusammen war, haben das begriffen und ließen mich machen, was ich wollte. Ich habe sie auf meine Art geliebt, aber ich habe sie nie vermisst, wenn ich auf Tournee war, und sie mich wohl auch nicht.

Hättest du mich vermisst?, frage ich. Ich glaube nicht, sagt sie, aber du mich und das hätte ich dir übel genommen. Ich glaube, ich hatte einfach das Gefühl, bei dir gäbe es nur alles oder nichts. Und alles konnte ich dir nicht geben. Ich wollte mich nicht in dich verlieben. Weißt du noch, wie wir Skifahren wollten und dann den ganzen Tag in meinem Zimmer herumlagen? Oder wie wir nach jenem Konzert zusammen im selben Bett schliefen, war das nicht irgendwo im Schwarzwald? Ich glaube, damals hätte alles geschehen können. Aber du bist zu deinem Zug gerannt, du bist ins Bad gegangen, um dir die Zähne zu putzen, und ewig nicht mehr herausgekommen. Du wolltest mich doch gar nicht wirklich, du hattest selbst große Pläne, wolltest im Ausland studieren, publizieren, ein berühmter Historiker oder Philosoph werden. Was war noch mal das Thema deiner Abschlussarbeit?

Was würdest du tun, wenn du noch einmal ganz am Anfang beginnen könntest?, frage ich. Fabienne überlegt lange, dann sagt sie, ich kann nicht wieder die werden, die ich einmal gewesen bin. Ich will es auch nicht. Ich glaube, ich würde alles genauso machen, gleich falsch und gleich richtig. Und du?

Ich stelle mir vor, wie unser Leben hätte aussehen können, wenn wir uns anders entschieden hätten, wenn wir in unserer Jugend zusammengekommen wären. Wir hätten geheiratet, Kinder gekriegt, Franziska hätte im Krankenhaus gearbeitet und ich im Archiv. Sie hätte weiter ihre melancholischen Chansons gesungen, wäre vielleicht dann und wann aufgetreten bei einer Hochzeit, einem Firmenfest in einer Mehrzweckhalle. Ich hätte sie begleitet, hätte ihr geholfen, die Musikanlage auf- und wieder abzubauen, oder ich wäre zu Hause geblieben, hätte mich um die Kinder gekümmert und ungeduldig gewartet, bis sie nach Hause käme, immer ein wenig eifersüchtig auf ihr Leben ohne mich.

Wir hätten die Kinder gewickelt und gefüttert, wären mit ihnen in die Ferien gefahren, hätten ihnen bei den Hausaufgaben geholfen, sie zum Sporttraining gefahren, hätten sie getröstet, ihre Wunden verarztet.

Die Kinder wären älter geworden, erwachsen und ausgezogen. Aber hatte ich mir diese Kinder wirklich gewünscht, hatte ich den Alltag mit Franziska teilen wollen, oder brauchte ich sie nicht viel mehr als das, was sie mir ein Leben lang gewesen war, eine unerreichbare Liebe, eine Sehnsucht? Sie hatte mich zugleich glücklich und unglücklich gemacht in ihrer Abwesenheit. Wäre ich glücklicher gewesen mit ihr zusammen? Wovon hätte ich dann geträumt?

Wir gehen Hand in Hand durch einen lichten Wald. Der Weg ist breit, die Bäume bilden ein Dach über uns, mächtige Buchen, deren Stämme wie Säulen wirken. Es muss früh im Jahr sein, das Laub hat noch ein ganz helles Grün. Es ist kühl, aber nicht kalt, ein leichter Wind bewegt die Kronen der Bäume. Eine Frau auf einem Pferd kommt uns entgegen, sie sitzt sehr aufrecht im Sattel, ihr Oberkörper wippt im Takt der Schritte vor und zurück. Durch die

Baumkronen fallen Lichtflecken auf ihren schlanken Körper. Kurz bevor sie uns erreicht hat, hebt sie sich aus dem Sattel, und das Pferd geht in Galopp über und sprengt an uns vorbei.

Ich kann Franziska nicht sehen, aber ich spüre, wie sie neben mir geht, und ich höre unsere Schritte im Kies. Das Licht blendet mich, und ich wende den Kopf ab. Wir bleiben stehen. Franziska lässt meine Hand los, ich höre, wie sie weggeht, aber ich kann mich nicht nach ihr umdrehen, eine unsichtbare Kraft scheint mich daran zu hindern.

Es ist ganz dunkel. Ich spüre die Wärme von Fabiennes Körper. Sie muss eingeschlafen sein, sie murmelt etwas und bewegt sich ein wenig, zieht mir die Decke weg. Ich habe keine Ahnung, wie spät es ist, wie lange ich geschlafen habe. Ich stehe auf und ziehe mich an, nehme meinen Rucksack und gehe durch das dunkle Haus.

Die Eingangstür ist abgeschlossen. Ich gehe durch die große Glasschiebetür in den Garten und zum kleinen Tor, aber auch das ist verschlossen. Ob ich es schaffen würde hinüberzuklettern? Ich weiß es nicht, ich versuche es erst gar nicht, zu erbärmlich käme ich mir dabei vor.

Fabienne muss vergessen haben, den Pool abzudecken. Das Wasser glänzt schwarz im wenigen Licht. Die Bäume rauschen im Wind. Ich setze mich in einen der Liegestühle am Pool und schaue in den Himmel. Die Wolken haben sich verzogen, und es sind erstaunlich viele Sterne zu sehen, aber kein Mond. Ich denke an nichts, sitze einfach nur da, müde und fröstelnd in der kalten Nachtluft. Vom Rasen steigt Feuchtigkeit auf.

Fabienne ist in den Garten gekommen. Ich habe es erst gemerkt, als sie meinen Arm berührt hat. Sie hat eine Decke über mich gebreitet und sich in den Liegestuhl neben meinem gesetzt. Auch sie hat sich zugedeckt, wir müssen aussehen wie zwei Kranke in einem Sanatorium.

Hast du versucht davonzulaufen?, fragt sie. Bist du dafür nicht ein bisschen zu alt? Es ist eine Feststellung, keine Frage, ihre Stimme klingt belustigt. Ich habe schon gewusst, warum ich abgeschlossen habe.

Es dämmert, und die Vögel machen einen Heidenlärm. Hast du gewusst, dass die Vögel mit großen Augen am Morgen früher zu singen anfangen als die mit kleinen Augen?, sage ich. Das wissen bestimmt nicht viele Leute, sagt Fabienne. Ein gutes, selbstbestimmtes Leben, sagt sie. Führst du ein gutes, selbstbestimmtes Leben? Sie lacht, es klingt nicht bitter. Ich will aufstehen, zu ihr gehen, sie umarmen, aber sie sagt, bleib. Ich liebe dich, Fabienne, sage ich. Zum ersten Mal habe ich den Namen ausprobiert, und er passt. Lass uns von vorne anfangen. Wir haben uns in dieser Nacht kennengelernt. Und wen hast du in dieser Nacht kennengelernt?, fragt sie. Meinst du, wir halten es miteinander aus? Wenn du nicht zu viel erwartest, sage ich. Du darfst auch nicht zu viel erwarten, sagt sie und erzählt von ihrer Therapie im Krankenhaus und was auf sie zukommen könnte. Ich habe das Archiv aufgelöst, sage ich. Und dass ich daran denke, das Haus zu verkaufen. Dass ich mein Leben ändern wolle. Das musst du nicht, sagt sie, ich nehme dich so, wie du bist. Ich habe alles aufgeschrieben, sage ich. Unsere Geschichte?, fragt Fabienne. Nein, meine Geschichte, meine Akte. Und wie endet sie?, fragt Fabienne. Noch ist sie nicht abgeschlossen, sage ich, es fehlt das Schlussplädoyer. Das Gericht will nichts von dir, sagt Fabienne, niemand klagt dich an, wenn du es nicht selbst tust.

Ganz allmählich ist es heller geworden, und die Sterne sind verblasst und schließlich ganz verschwunden. Willst du wieder Konzerte geben?, frage ich. Wenn ich kann, sagt Fabienne, vielleicht. Das ist mein Leben. Aber im Moment ist das alles nicht wichtig. Ich lebe von Tag zu Tag, und das hat bei allem Erschreckenden, bei aller Angst auch etwas sehr Schönes.

Am Horizont leuchten die ersten Berggipfel in der Sonne auf, sie glänzen rötlich über den Hügelketten und dem See, die beide noch im Schatten liegen. Das links sind die Glarner Alpen, sagt Fabienne, der höchste Berg ist der Mürtschenstock mit seinen drei Gipfeln. Das Vrenelisgärtli kennst du bestimmt, nicht wahr? Den Tödi auch, das ist jener Solitär mit dem breiten Felsband unter dem Gipfel. Den wollte ich immer mal besteigen, aber daraus wird wohl nichts mehr. Das Schärhorn und die Windgällen. Rechts davon der große und der kleine Mythen. Die Pyramide der Rigi ist leicht zu erkennen. Manchmal im Herbst, wenn die Luft ganz klar ist, kann man westlich davon Eiger, Mönch und Jungfrau sehen. Wenn du ganz genau hinschaust, ahnst du vielleicht, dass da in der Ferne noch etwas kommt.

Peter Stamm

Wenn es dunkel wird

Erzählungen

Georg geht bald in Rente. Im Büro wird er schon nicht mehr beachtet, zu Hause wartet kein Essen auf ihn. Er scheint sich langsam aufzulösen und fühlt sich, als würde er schweben. Sabrina ist geschmeichelt, als ein Künstler sie anspricht, und dann erschrickt sie, als sie sich zum ersten Mal als Kunstwerk sieht. Was, wenn die ungeheuerliche Phantasie realer wäre als die Wirklichkeit? In all seinen Büchern lotet Peter Stamm meisterhaft die Facetten menschlicher Existenz aus. Seine Figuren sind Versehrte und Phantasten. In diesen Geschichten führt er uns ins Unheimliche, erzählt von zärtlichem Grauen, abgründigem Schwindel und gespenstischer Liebe.

192 Seiten, gebunden

Weitere Informationen finden Sie auf
www.fischerverlage.de

AZ 10-002226/1

Peter Stamm

Die sanfte Gleichgültigkeit der Welt

Roman

»Du begegnest dem Menschen, der du einmal gewesen bist. Er trifft andere Entscheidungen, macht andere Fehler – und doch entkommt er deinem Schicksal nicht.«

Peter Stamm

Christoph verabredet sich in Stockholm mit der viel jüngeren Lena. Er erzählt ihr, dass er vor zwanzig Jahren eine Frau geliebt habe, die ihr ähnlich, ja, die ihr gleich war. Er kennt das Leben, das sie führt, und weiß, was ihr bevorsteht. So beginnt ein beispiellos wahrhaftiges Spiel der Vergangenheit mit der Gegenwart, aus dem keiner unbeschadet herausgehen wird.

160 Seiten, broschiert

Weitere Informationen finden Sie auf
www.fischerverlage.de